微阅读
1+1工程

第六辑

拾荒人的梦想

王培静

百花洲文艺出版社
BAIHUAZHOU LITERATURE AND ART PRESS

图书在版编目（CIP）数据

拾荒人的梦想／王培静著．—南昌：百花洲文艺
出版社，2014.9（2018.12 重印）

（微阅读 1＋1 工程）

ISBN 978－7－5500－1045－1

Ⅰ．①拾… Ⅱ．①王… Ⅲ．①小小说—小说集—中国
—当代 Ⅳ．①I247.8

中国版本图书馆 CIP 数据核字（2014）第 184653 号

拾荒人的梦想

王培静　著

出　版　人：姚雪雪

组稿编辑：陈永林

责任编辑：刘　云

出　　　版：百花洲文艺出版社

发行单位：全国新华书店

印　　　刷：龙口市新华林文化发展有限公司

开　　　本：700mm×960mm　1/16

印　　　张：12

版　　　次：2015 年 3 月第 1 版

印　　　次：2018 年 12 月第 3 次印刷

字　　　数：128 千字

书　　　号：ISBN 978－7－5500－1045－1

定　　　价：29.80 元

赣版权登字：05－2015－30

邮购联系：0791－86895108

网址：http://www.bhzwy.com

图书若有印装错误，影响阅读，可向承印厂联系调换。

前　言

以"极短的篇幅包容极大的思想"，才能够以小胜大，经过读者的阅读，碰撞出思想的火花，震撼人的心灵。正因为这样，微型小说成为一种充满了幽默智慧、充满了空灵巧妙的独特文体。

如果说在二十一世纪的头一个十年，是互联网大大改变了我们的生活，那么在我们正在经历的第二个十年里，手机将更为巨大地改变我们的生活。如今，以智能手机为平台，正在构成一个巨大的阅读平台。一种新的阅读方式正不知不觉地走进大众的生活。一个新的名词就此产生，它便是"微阅读"。微阅读，是一种借短消息、网络和短文体生存的阅读方式。微阅读是阅读领域的快餐，口袋书、手机报、微博，都代表微阅读。等车时，习惯拿出手机看新闻；走路时，喜欢戴上耳机"听"小说；陪人逛街，看电子书打发等待的时间。如果有这些行为，那说明你已在不知不觉中成为"微阅读"的忠实执行者了。让我们对微型小说前景充满信心和期待的是，微型小说在微阅读的浪潮中担当着极为重要的"源头活水"。

　　肩负着繁荣中国微型小说创作、促进这一文体进一步健康发展的责任和使命,微型小说选刊杂志社推出了"微阅读1+1工程"系列丛书。这套书由一百个当代中国微型小说作家的个人自选集组成,是微型小说选刊杂志社的一项以"打造文体,推出作家,奉献精品"为目的的微型小说重点工程。相信这套书的出版,对于促进微型小说文体的进一步推广和传播,对于激励微型小说作家的创作热情,对于微型小说这一文体与新媒体的进一步结合,将有着极为重要的作用和意义。

编者

2014 年 9 月

目　录

拾荒人的梦想

我来城里快十年了。

十年前，我从部队上退伍回到了大山里的家。参军走时，我是村里的民办教师，从父亲手里接过教鞭时，我没想过还要离开讲台。小青在幼儿园工作，我们两个人彼此都有好感，但我知道自己家里穷，人家小青父亲又是村主任，自己配不上小青。没想到入伍季节到来时，村主任动员我去部队上锻炼锻炼。参军走的前三天，小青家托妇女主任来做媒，我和小青订了婚。

原定春节前我和小青结婚的。晚上，我提着礼物怀着忐忑不安的心情敲响了村主任——我未来岳丈家的门，出来开门的是主任媳妇，我喊了声大娘，对方只用鼻子"哼"了一声，算是回答。进了屋，没见小青露面，我把手里的东西放下，不知手放哪儿好。我勉强笑了笑问："我大爷没在家？"

"他有事出去了。"

"小青也没在家？"

"她去县城她二姨家了。"停了片刻，又停了片刻，小青娘接着说："祥春，你聪明能干，又有文化，将来肯定能找到个比小青更好的，俺们家小青她……"

"小青她怎么了，是出什么事了？"我着急地问。

"我就和你明说吧，都是我们家小青不好，她在她二姨家住了一段时间，没想到和城里的一个小青年好上了，那小青年他爸是个局长。那小青年死活追她，生米已作成熟饭了，我们也没办法。你看这事怎么办吧？"小青娘一副死猪不怕开水烫的做派。

我不知自己怎么离开小青家的。

我觉得村人看自己的目光都有些异样，好像倒是我做了什么见不得人的事。我原想，自己回来还能去当民办教师，像父亲一样，当一辈子民办教师也不后悔，可一打听，学校里根本没有自己的位置。一个寒意逼人的早晨，我狠狠心看了小村一眼，逃离了家乡那个地方。

这是祥春给我讲的他自己的故事。

由于我最近正在写一部关于拾荒人的纪实文学，一个偶然的机会认识了祥春，也许都曾当过兵的缘故，我们聊得很投机。后来我知道他找了个青岛姑娘做老婆，而且长得很漂亮。儿子现在也已经三岁了。

这天是星期六，他打我手机，说要请我喝酒。我说，喝酒可以，我请你吧。

在太平路路口一个小酒馆里，我们俩喝了一瓶二锅头，又喝了些啤酒。我们俩都有些醉了。他说：王大哥，你知道吗，我过去的那个对象小青，并没有像她妈说的被一个什么局长家的儿子看上了，实际上他们是看我退伍了，没多大出息，不想让女儿嫁给我，所以才编了那样的瞎话骗我。后来小青嫁给了镇上一个杀猪的。我不把你当外人，我告诉你一个我个人的秘密，在这之前我谁都没给说过，你一定得答应要给我保密。我说，你要信不过我就别说。他红着脸说，将来，我一定要干一件轰轰烈烈的事情。我心里一直有个理想，等我攒够了钱，一定回家乡的镇上去建一所希望小学，要建最好的设施，请最多的老师，我现在已积攒了十五万元的奖金。将来成立了自己的废品回收公司，教师员工的工资都由我来出。我说的是真心话，大哥，你不会笑话我吧？看着他的一脸真诚和满眼泪光，我突然一下子也被感动了，我说，到你的希望小学剪彩那天，我一定去给你捧场。他说，一言为定。我说，一言为定。我们两个男子汉相拥而泣。别的吃饭的人和小饭馆的工作人员都莫名其妙地看着我们两个。

人人心里都有梦想，这就是一个拾荒朋友的梦想。望着面前的祥春，我还想到：芸芸众生中，有的人穿着体面干净，心里却很脏；有的人穿的脏点旧点，他的心灵却干净透明，像我的这位祥春朋友。

 # 军 礼

七月天，小孩的脸，说变就变。刚下了一场中雨没两天，昨天晚上开始这瓢泼大雨又下起来了。此刻大雨下了已是整整一天一夜了，荣军长站在防汛地图前，眼睛盯着地图上一小步就能跨过去的防洪大坝沉思。部队上了防洪大坝六个小时了，警戒水位越升越高。荣军长对身边的秘书说：备车，我要去地方防汛指挥部。

地方防汛指挥部里也是灯火通明，从大坝传回的险情告急的电话铃声不断，有人走来走去；有人吸烟沉默；有人望着窗外电闪雷鸣的夜空发呆。见荣军长进来，大家的目光都聚了过来。坝下有老百姓的一万亩良田，还有近20个村庄的房屋家产，虽然男女老少都撤到了高处，但那是好几万人的生息家园哪。荣军长声音洪亮地说："请你们放心，我保证人在大坝在，我们誓死保卫大坝，保卫人民生命财产的安全。"听到荣军长的话语，人们脸上的表情放松了许多，有人带头鼓起了掌。

从地方防汛指挥部出来，荣军长冒雨上了车，命令司机道："咱们去抗洪大坝。"司机看了眼身旁的秘书，见他没言语，驾车钻进了夜色中。

到了大坝的一端，司机停了车。秘书忙说："首长，您在车上等一下，我去把各团的几位领导找来。"秘书一边说着半个身子已下了车。

"不必了，咱们一起下去看看。"荣军长要下车。

秘书为难地说："您的身体……""我还没有那么娇贵，再说跟舍弃个人生死，坚守在坝上的官兵们相比，我这算什么。"荣军长说着已下车踏进了泥中。

秘书忙打开了伞，跟上了首长。走了一段，司机借了个汽灯追上来。荣军长在中间，秘书和司机一边一个，仨人在泥泞中艰难地向坝上走去。

整个大坝上人来人往，官兵们在紧张有序地忙碌着，那一盏盏汽灯像天上的星星眨着眼睛，时刻警戒着大坝坝堤一丝一毫的变化。

走到坝的中央，荣军长站住了，他对秘书说："去把吴副参谋长找来。"

不一会儿，秘书带吴副参谋长等几位干部来到荣军长面前，几个人在夜色中举起了手，首长也抬手还礼。荣军长说："你们辛苦了。"随后吴副参谋长站在雨中的大坝上，向荣军长汇报了抗洪官兵开赴第一线近八个小时以来的情况，当吴副参谋长说到有一名营长为抢救一个不会游泳的战士牺牲了时，荣军长急切地问："是哪个团的，把当时在场的最高领导给我找来。"

吴副参谋长说："三团三营的，叫王志军。他就是当时在现场的最高领导，他是个好干部。是我工作失职，我对不起上级领导对我的信任，更对不起王志军同志的亲人。"

听到这儿，荣军长身子一怔，夜幕中谁也没有发现，他望着大坝内汹涌吼叫的波涛，声音低沉地说："你不必自责，这样的任务有牺牲是避免不了的，那个战士救起来了没有？"

"救起来了，王志军同志把他推上了岸边，自己却被旋涡卷走了。"

荣军长轻轻"哦"了一声。

荣军长向坝堤边上走了走，脱下军帽，缓缓地举起了右手，闪电中，吴副参谋长、秘书、司机以及那几名干部都脱帽后照荣军长的样子，面向水面，举起了右手。别人的手都放下了，荣军长的手却迟迟没有放下，他的脸上有两行热泪和着雨水流了下来。

也许天太暗，也许是因为下着雨，荣军长脸上的表情谁都没有发现。往回走的路上，他的两腿像灌了铅，一步步迈的很艰难。坐在回程的车上他想，回到家怎么向老伴"交代"志军牺牲这事？

 # 逆向思维的人

　　从小，相志国就和别人考虑问题的角度不一样。比如说上学听课，他的精力老是集中不起来。他特别爱联想，老师讲《小英雄雨来的故事》，他从雨字联想到水，小河，思想就跑到村西的小河里游泳去了。坐在教室里他听课走神，假若哪节课他被老师拎出教室罚站，他听这节课的效果会特别好。他心里是这样想的，你让我听我不听，你不让听我偏听。

　　小学毕业时，看到村里或外村经常有人死去，他突然考虑到了人生的意义这个伟大主题。他想，人为什么活着？老师说，雁过留声，人过留名。但要像雷锋、黄继光、邱少云那样也不容易，年轻轻的就得死掉，献上生命才换来个好名声。那样有点不值，世界上还有好多东西没有享用，美食、美女……

　　他突发奇想，做英雄不行，就做个令别人讨厌的人吧。只要能让别人记住自己就行。从此他有了一个宏伟目标，争取早日成为一个世界上别人最讨厌的人。

　　他开始实施自己的计划。上学路上，把刚灌浆的玉米棒子掰下一半来，向男同学的衣服上弄钢笔水，凡此种种。有一天，正在上课，老师让同学们从书包里拿出作业本时，先是班长沈晓红发出了一声尖叫，紧跟着全班女同学都发出了尖叫，老师听到女同学们的尖叫，抬起头不解地望着下面。老师问：沈晓红，你们怎么了？沈晓红说：老师，我书包里有个软乎乎的东西，还是活的，吓死我了。别的女同学都说：我书包也有。老师对体育委员吴大松说：吴大松，你帮沈晓红拿出来看看是什么东西？吴大松轻咳了一声，像英雄要上战场似的，在全班同学的注视

下走了上去，他走到沈晓红跟前，停了下来，好多同学都站了起来，还没等他打开沈晓红的书包，一只青蛙跳了出来。女同学们又是一阵惊呼，男同学也一起起哄。原来不知谁往全班女同学的书包里都放了一只青蛙……

初中毕业后，相志国接班到了县五金厂工作，厂里分了房子，然后结婚生子。多年来，相志国爱搞恶作剧的毛病一点也没有改。这不，大早上的他就下了楼，他走到大门口，看见一个青年人推着自行车急匆匆地向外走，他像有事的从后边抓住了人家的后车架。

小伙子回头看，见他面无表情地盯着自己看。心里想，今天我真够倒霉的，碰上了这个讨厌鬼。院里人背后都喊他神经病。他要在院子里或工厂里碰到人家携带着重物，累得喘着粗气的时候，他偏故意挡住你的去路，你向左躲，他向左站，你向右躲，他向右站。所以院子里的人平时都尽量躲着他。

小伙子：我上班要迟到了，有什么事你就说？

相志国装出可怜的样子：你是三车间老吴家的老二吧。

小伙子：我姓关，不姓吴。

相志国换了一副面孔，冷笑了一声说：你就是老吴家的二小子，还说自己不是。

小伙子：我真的不姓吴，你放过我吧。

骗我是吧？你再编？

见甩不掉他。小伙子换了一副笑脸说：大叔，我就是老吴家的二小子，刚才我给你开玩笑的。

相志国也笑着说：实际上三车间老吴家就有一个儿子。这事不说了，祝你节日快乐。

小伙子想了想，没想起今天是个什么节日来。不解地问：什么节日？

相志国：愚人节。

小伙子：愚人节过了好几天了。

小伙子又抬腕看了看表。把车子向相志国手里一送，哭笑不得地说：今天碰上你，算我倒霉。车子我不要了，我打车走了。

相志国望着小伙子走远后，把车子推回了院里，放在门口车棚里，锁上车子。走进了传达室。他对值班的人说：有个年轻人忘了锁车，钥匙放你们这儿吧。

每当夜深人静，大部分邻居家都关灯进入梦乡的时候，他经常开开窗户，扯起嗓子，连连高喊：杀人了！杀人了！有两次有好心的邻居以为楼里真出了事，打电话叫来了110，结果都是虚惊一场。所以晚上再听到他的喊声，大家就很理解地说声：神经病又犯病了。

妻子要带他去看看，他不去。他说：我没病，你才有病哪。你不懂得我的心，到时候知道来龙去脉了你就能理解我了。

两口子闹离婚闹了好几次了。刚上小学的女儿也觉得他给自己丢人。背地里也骂他是神经病。大了他才知道，世界上有个吉尼斯纪录，他的远大理想校正成了要成为第一个进入世界纪录的世界上别人最讨厌的人。

编外女兵

在昆仑山脚下的一所军营里，只有四十几个军人，实际上部队是一个连的编制，他们主要负责昆仑山地区的油管保卫任务。六月里上山巡线，碰上下大雪是再正常不过的事情。

一个军人威严的声音响彻山谷，下面开始早点名：

刘挺。

到。

崔海军。

到。

张金娃。

到。

……

程菲菲。

全体军人共同回答：到。

程菲菲是连队年龄最小的士兵，也是连队历史上第一个女兵，但她已是有十五年兵龄的老兵了。

新兵下连，学习连史。老兵们就会讲起程老兵的故事。

那年她才五岁，跟在内地当教师放寒假的母亲来这儿看望父亲。她的到来，成了军营里的一道亮丽风景。她天真烂漫的样子，着实惹人喜爱。她粉嫩的小脸蛋上，一笑有两个好看的小酒窝，谁见了都会情不自禁地想摸一下她的脸。

战士的宿舍里，操场上，只要她一出现，战士们就让她表演节目。她从不拒绝，问，你们喜欢什么？

有战士说，给我们唱个歌吧。

那好吧。

她就像模像样的开始演唱：小燕子，穿花衣，年年春天来这里……

有战士说，给我们跳个舞吧。

她就张开双臂，给大家绘声绘色地表演新疆舞，那身段，那动作，颇有点小明星的风范。战士们看了就使劲鼓掌。

虽然她就只会那么两首儿歌，两段舞蹈，战士们却是百看不厌。

这天夜里菲菲感冒了，高烧不退，外边的大雪封了路，连里的卫生员给她吃了退烧药，烧一点也退不下来。天一亮，战士们纷纷请示，我们接力背菲菲去城里看病吧。连长和指导员商量了半天，觉得这办法不可行，因为连队离格尔木有二百多公里。指导员打电话向上级求援，一时也没有特好的办法。战士们哄她，菲菲，你要坚持住，等你好了，再给叔叔们唱歌跳舞。她的小脸绯红，点点头，想了想说，下次再来，我一定给你们表演更多好听好看的节目。坚持了半天，又坚持了半天，菲菲的高烧终于转为了肺气肿，半夜里她走了。听到菲菲母亲低沉的哭声，战士们一下子拥了进来，他们摘下军帽，缓缓地举起了右手。

她父亲是个老志愿兵，已在部队多呆了八年。战士们私下里抱怨，都怪他，他要是正常转业，菲菲就不会来山上，也就不会发生这样的事情了。

菲菲被埋在了格尔木烈士陵园外的角落里，凡是有战士进城或出差路过，都会买些好吃好玩的去看看她。战士们站在她的墓前说，程老兵，我们来看你了，只要在咱连队呆过的军人，无论走到哪里，都会记挂着你。你永远是我们的战友，是我们连队独一无二的文艺兵。

为了纪念她，连里形成了不成文的规定，十五年了，兵们走了一批又一批，换了一茬又一茬，每次点名，点到她的名字，全体士兵就饱含深情的一起回答。

她这个编外女兵的兵龄只有六天。

留言条

　　吴教授是个知识分子，是研究心理学的。丈夫前年得肝病死了。她和刚大学毕业的女儿各住一室，丈夫死后再无任何一个男人走进过她的卧室，她觉得卧室里弥漫着丈夫的气息，走进卧室就能和丈夫对话。所以当看到晚报上登的近日我市有小偷疯狂盗窃，敬请市民加强防范的文章后，她思谋良久，每天上班前，在门口内的桌子上压上一张写好的纸条，上面写道：

　　尊敬的光顾者：

　　我是个教书的，家里没有值钱的东西，除了书还是书。光顾一回，使您失望，实在不好意思。丈夫在卧室休息，就别打扰他了。拜托了，这儿有一百元钱，您出去吃顿便饭吧。

吴淑芹即日

　　数日过去，没有小偷上门，吴教授照常这样做。女儿小敏笑妈妈：这么好心眼，也救济我点钱。

　　又过了一段时间，吴教授下班回来，发现房门锁坏了，一看真的被撬了。她进屋一看，卧室里一点没动，连女儿的卧室也没翻动。她忙去看桌上的留言条。一百元钱没有了，留言条换了一张。吴教授忙拿起看。

　　可爱的吴女士：

　　我看到了您丈夫的遗像，知道您留言条的用意了。遵照你指示，我就哪儿都不找了。我是个孝子，母亲病重住院。请您发发善心，"借"五百元钱，我下星期二晚上 6 点 30 分来取。您可不关门，省得还得换锁。

梁上君子：小乐

　　星期二这天，吴教授正好下班早，经过几天的思想斗争，她终于还是把五百元钱和一张纸条放了门内的桌子上。按照小偷讲的，她只虚掩了门。早早做完了这一切，她心里惴惴不安地躲进了卧室。

　　时间到了，她听到门很轻的响了一声。过了一会儿，见没动静，她悄悄推开卧室门，外边没人。她忙走到门口去。钱没有了，桌上的留言条又换了一张。上面是这样写的：

　　吴阿姨：

　　我是个女孩，今年只有二十岁，是被人从云南骗来的，那男人把我送到歌厅当三陪小姐。每天要交他五十元钱。有一次他喝多了酒还想占我便宜。吴阿姨，您好事做到底，每月1日和15号今天这个时间我来取500元钱。算您行善，必有好报。

苦女

　　吴教授皱皱眉，继而摇了摇头，忙把纸条收起装进兜内。原先她还想，这小偷会不会来？那留言条只不过是个玩笑。没想到她真来了。而且……吴教授不敢再向下想。

　　熬过了半个多月，离月初的日子越来越近。吴教授心神不定。1号到了，她在门口贴出了留言条：

　　主人得绝症住院了，亲朋好友请伸出援助之手，来人请到医院楼五病区五床来找。

吴淑芹

　　女儿下班回来，看到门口的留言条，心中不禁一颤。她想母亲这段时间情绪不好，肯定是被那小偷闹腾的，她忙下楼去了派出所。

　　经过蹲守，派出所在吴教授家门口抓到一位三十多岁的中年男人，那人竟是吴教授乡下的亲侄儿。只是模样比前两年来参加姑父的葬礼时更瘦了。他一直在吸毒。警察从他兜里搜出一张纸条，纸条上是这样

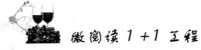

写的：

　　吴大姐：

　　我前两次都是骗你的，我是个中年人，上有老，下有小。我在本市打工，媳妇和儿子昨天进城来找我，出了车祸。媳妇死了，儿子做手术需要两万块钱。我知道您是天下最好最好的大好人。我后天晚上六点来拿钱，如拿不到钱，我什么事都做得出来。

骗过您的人

我有房子了

　　周德义是个老教师，二十年前响应党的号召，支教到了高崖乡中学。在那儿一呆就是二十年，直到前两年退休才回到县城。一年前，老周突然感到胸中不适，到医院一查，肝癌晚期。

　　他和老伴还住在那两间旧平房里，为此老伴和儿子没少抱怨他。儿子下岗后在城里骑个机动三轮车拉黑活，没早没晚的一天挣不了几块钱。和老婆、孩子一起住在丈人家，很少回来。

　　他脸向里躺在家里的病床上，是为了不让老伴看到自己痛苦的表情。他时而疼痛得大汗淋漓，时而陷入断断续续的回忆中：

　　原先他是从县城一中调走的。为房子的事他没少找过教委，好几任领导都说他的问题一定要解决，更是应该解决。

　　每一次教委盖了房子，他总是要高兴上一阵子。有一次，他星期六回到家，挺了挺腰杆，神秘地告诉老伴："领导说了，这次分房在教师员工中我的名字排第一。"老伴还包了一顿饺子，说是慰劳慰劳他。从那后的很长一段时间里，他们一家时刻关注着教委盖房子的动静。

　　又是一个星期六，他一迈进家门，老伴满脸笑的快成了一朵花似的说："老周，有件喜事要告诉你，你猜猜是什么事？"

　　"儿子谈对象了？"

　　老伴故意卖关子，点了点头，又摇了摇说："不是"。

　　"你捡了个钱包？"

　　"想什么哪你，真捡了钱包，也不能要人家的。你知道人家那是给老人看病的钱，还是给孩子上学用的钱？"

　　他笑了笑说："还有点思想觉悟，不愧是人民教师的家属。"

"就你们教师觉悟高？这是做人的基本准则。"

他边向老伴跟前凑边说："我知道什么喜事了，是不是你又怀孕了？"

"老没正经的，净胡说八道。还以为你智商高哪，算了，还是我告诉你吧，教委在南关盖楼了。"老伴兴奋地说。

"是真是假，你听谁说的？"

"我娘家一个表侄，在县招待所工作，我告诉他给打听着点，前天在街上碰上告诉我的。"

半夜了两个人还都没睡着。

一大早两个人就起来了。一出门，人家问"这么早，两个人去干什么？"

"去早市买点菜，早市的菜新鲜。"

两个人偷去了南关，问了好几个建筑工地，才找到了教委盖楼的工地。他们进去一看，楼已经起了有两层高。看他们指指点点的样子，好几个干活的年轻人停下了手中的活，用羡慕的眼光看着他们。

回到家，两个人不知道用什么方式庆祝才好。不知是谁暗示的，大白天的，两个人好好亲热了一回，两个人都像年轻了十岁，这是好久没有的事了。

亲戚朋友知道了这个事，见面总是先祝贺："也不容易，房子总算有盼头了。"

儿子领了个女孩也去看房子。

随着工地上楼层的增高，周老师心里却越来越紧张。为了安全起见，他又交了一份要房申请，找校长重申了自己的实际情况。犹豫再三，甚至买好了两条红塔山，准备平生第一次去送礼。但没考虑周全送给谁好。

教委的楼盖完了。周老师的心也快被吊到了嗓子眼这里。

正是夏天，刚坐上回县城的车，天就开始下雨。看着雨越下越大，他的心里好像感觉到越来越湿。他赶回家时，看到老伴站在房顶上，弯着腰在用塑料布盖房顶。他想房子是又漏了。他觉得鼻子有些发酸，眼里的泪水和着雨水不自觉地流了下来。他静静地站在雨中，看着老伴的一举一动。他心里想，让这个女人跟我受委屈了。

老伴回头看到他，抹了把脸上的雨水说："下雨了，还回来？还不快进屋去，傻站在那儿干么？"

他想，或许不久老伴再也不用受这样的罪了。

没几天，校长找他谈话，教委房管科的人也找他谈话。总的意思是，让他再发扬一次风格，有几个市里来的业务骨干，要留住他们，首先得解决房子问题。下次一定、绝对给他考虑。

他大病了一场。

儿子的女朋友吹了。

老伴一夜间头上平生了许多白发。

他的老伴也曾瞒着他到教委找过好几回，她说："他教了三十多年书，剩下的日子不多了，你们领导能不能行行好，让他住上两天自己的新房子吧。"

老周还是死在了旧平房里。

咽气前，他做了一个梦，他去阴间报道，阎王爷问："你在阳间干什么工作？"

"普通教师。"他听到前边一个报道的说是个银行副行长，阎王爷对当差的小鬼说，领他去十八层地狱吧，冤枉不了他。他觉得到世上走了一趟，混了几十年，还是个普通教师，有些不好意思。

阎王爷说："正好有一所学校缺一个校长，你去吧。"

见他怔在那儿。

阎王爷说："你放心，学校有一套二居室你先住着，只要三个月考查合格，马上分你一套三室二厅的房子。教育是提高民众素质的关键，你们的工作太重要了，这一点我懂。"

老周安详地走了，走时脸上还带着一丝笑容。

给他换寿衣时，人们惊奇地发现，他的胸脯上出现了几个字。看到那几个字，所有在场的人无不潸然泪下。

儿子把这几个字让人做了父亲的骨灰盒上。

后又刻在了给父亲立的石碑上。

那几个字是：我有房子了。

周老师墓碑上的这几个字用红漆刷过，特别醒目，又特别刺眼。

羊与狼的故事

近日，《虎城晚报》登出如下一条消息：我市动物园又添一景，野山羊和狼同处一笼。

当下正赶上十一长假，除了有出外旅游计划的，一家人出来逛逛动物园成了许多家庭的首选，特别对有孩子的家庭来说。晚报的那条消息更是起了推波助澜的作用，这几天动物园里人流如潮，野山羊和狼的笼子前更是天天挤得水泄不通。野山羊在笼子里走来走去，很兴奋的样子。它是刚从大秦岭逮住运进城来的，浑身充满了野性。黑色，毛很长，特别是头上的那一对羊角又粗又壮，很是威风。它心里想，这是什么地方，怎么这么多直立着走路的动物。

而那只像披着黄缎似的狼却躲在角落里，很害怕的缩成一团。它心里想，我像上一辈一样规规矩矩呆在笼子里，供直立着走路的动物们开心。有时他们用小棍捅我，我都忍了，真把我惹急了，我最多也只是露着牙小声嚎叫一下吓唬吓唬他们。有时他们拿石块砸我，有时给我带塑料包装的食品吃。到我这里，我们已经在这里生活了三代。不知什么原因，头天晚上突然关进这么一个怪物来，它总是追着我跑，有时用凶狠的目光盯着我看好久，好像有心要吃了我。这两天晚上我没敢睡踏实，都是等它在我往常睡觉的地方睡着了，我才在离它很远的地方迷糊上一会。自从它来后，吃饭时我总是离它远远的，等它吃饱喝足了我才敢过去吃点喝点它剩的。

这天晚上，野山羊和狼进行了它们相见后的第一次对话："你叫什么名字？"野山羊大咧咧地问。

狼颤声答道："我叫狼。"

"这里是你的家?"

"我们家在这里住了三代了。"

野山羊盯着狼的眼睛问:"你害怕我?"

"大侠,你来这里,我热烈欢迎。今后吃住等等一切都是你说了算,只要你不吃我就行。"望着野山羊琢磨不透的目光,狼低下头怯怯地说。

野山羊笑了笑说:"只要你看我的眼色行事,我暂时不会伤害你的。"

"大侠你放心,我决不敢拿自己的生命开玩笑,对您我绝对会言听计从。"狼赔着笑脸表态说。

一段时间里,野山羊和狼处得相当不错。野山羊的目光里少了些敌意,狼像个随从跟在野山羊的屁股后边团团转。后来虎城新调来的某位领导作出指示:羊狼一起圈养有驳动物的生存规律,叫别的地方的人听了去,会拿这事当笑话讲。这事有损我们市的声誉,应尽快拿出解决的方案。

后来野山羊被放归了森林。

有一天,野山羊遇到一只狼,他见这只狼恶狠狠地盯着自己,心里愤愤不平地想,你敢用这样的目光看我,太不把我放眼里了。

最后狼把野山羊吃了。临咽气前野山羊还想不明白,这世界怎么了?

苍鹰之死

　　随着旅游业的发展，来边城小镇拉海儿游玩的内地人越来越多。人们现在不都是讲究吃特色吗，小镇上的几家餐馆相继"开发"出了几个拿手菜，什么"天上人间"、"花好月圆"、"小蘑炖土匪"等。所谓"天上人间"就是卤鹰蛋和鸡蛋，"花好月圆"就是几朵萝卜花上放了一个摊黄雀蛋，而"小蘑炖土匪"就是蘑菇炖小鸡。不知什么高人发明的，把家养鸡叫土匪鸡，而起菜名时又把鸡字省落掉。这些菜名的初创者，不知到专利局申请专利没有？无论从哪一方面推断，这些菜名的创意者，应该是有些审美意识和文学细胞的。

　　就说这"天上人间"吧，鸡蛋好找，可这鹰蛋就是稀罕物了。物以稀为贵，按一般的标准，一份"天上人间"里有 8 个鹰蛋和 8 个鸡蛋，标价基本在四百元左右。由于鹰蛋被人们吹得有点神了，说它不但有很高的营养价值，还含有高蛋白、高钙质，并有滋阴壮阳的作用。虽说价钱高了点，但品尝者大有人在。镇上几家饭馆的鸟蛋供货者都是一个人——猎人腾尔木罕。

　　腾尔木罕四十多岁，古铜色的脸上像镀了一层油彩，彪悍、精干，从眼睛里射出的两道目光里充满了自信和野性。他从小在马背上长大，他不但是个好骑手，还是个好摔跤手，在他记事起的二十多次拉达幕摔跤比赛中他还没有败给过哪一个对手。他属于大自然，他属于大草原，他骑马在草原上驰骋就像鱼儿在水里游动。他是个以狩猎为生的猎手。

　　他打死过野狼、野羊、野猪、狍子，为追踪一只飞狐他曾在雪地里蹲守过三天三夜。后来，草原上的动物越来越少，公家人又查得厉害，他也越来越感觉到狩猎这碗饭不好吃了。不知从何时起，他喜欢上了掏鸟蛋。他心里想，真是天无绝人之路，来小镇上游玩的吃客们出钱养活着他。

这天寒风卷着黄沙铺天而来，腾尔木罕翻山越岭爬上了天目山。这样的天气连鸟都飞不起来，运气好的时候，用手就能逮几只山鸡回来。跟在鸟们的后面，就会很容易地找到它们的老巢。爬到半山腰时，腾尔木罕在一块岩石的后边突然发现了一只苍鹰，他心里有些激动，又有些紧张，他心里明白，这苍鹰可不是等贤之辈，他的爪子锋利无比，又准又狠，一只跑着的大野兔它一个俯冲就能抓起来。他从腰间掏出匕首和绳子，一步一步向苍鹰靠近。那只棕褐色的老鹰像知道后边有人跟着它似的，走走，停停，步子不紧不慢，像怕后边的人跟不上它似的。

一步一步，苍鹰把腾尔木罕带到了悬崖峭壁的边沿。这时苍鹰回了一下头，它的眼珠一转，好像是向腾尔木罕做了一个鬼脸。这一瞬间，腾尔木罕好像感觉到了，他的心猛地一颤。他对自己说，一定要小心，不行就放弃。但那只苍鹰却在前面不远处停了下来。腾尔木罕偷偷向下看了一眼，不由得倒吸一口凉气，下面是个深不见底的大山涧。他稳定了下自己的情绪，并没有再向前爬，他观察了下地形，向苍鹰所站的另一边爬去。走了几步，他脑中突然有种不祥的预兆闪了一下，他打算撤退，这时他在身边的岩石缝里发现了一个鸟巢，他的心又狂跳起来。他下意识地向苍鹰看了一眼，苍鹰用惊恐、哀怨的目光盯着他，他的心又是一颤。他本想放弃，但心里一想，临阵退缩不是我的性格，况且果实就在眼前。这时他向苍鹰笑了笑，开始把手伸向鸟巢。他小心地把那个大鸟巢从岩石下拉了出来，里边整整有十二个鹰蛋。这时苍鹰哀鸣着向他扑来，他一躲闪，呼叫着的山风差一点把他和鸟巢一起吹下山崖。这时苍鹰回身箭一样的俯冲下了山涧。

腾尔木罕吓出了一身冷汗。他定了定神，开始准备撤向安全的地方。这时那只苍鹰又飞了上来，它不顾一切地哀叫着向腾尔木罕进攻，腾尔木罕挥舞着手里的匕首保护自己。苍鹰俯冲了几次，体力渐渐不支，它受了伤，有鲜血从身上滴落。只见它退回到山涧的上空，停顿了片刻，在腾尔木罕迷惘的注视下，用尽最后的力气撞向山崖……

谁不愿做只飞翔的鸟

早晨一起床，娘说，早起一个星期了，今天是星期天，就多睡会吧。

不行，昨天晚上不是跟你说了嘛，老师让我和莹莹、长居、思文今天一起去镇上买书。

镇上人多车多，一定要小心。

那可不一定，有人给的钱多，我就把自己卖了。

你个不害臊的死妮子。我和娘都咯咯笑了。

我们在村口集合齐了，就向山外走。我们一边走一边向后边看，走了一段，见后边没有人，就从一条小路拐了弯，向东山的方向走去。跟家长说是去镇上买书，实际上是我们要搞一次秘密行动。

天很蓝很蓝，地里的小麦正在抽穗，到处都是一片绿色。田埂上开满了红的、紫的、蓝的小花。

说说笑笑到了东山脚下，长居说，咱们比赛，看谁爬得快。

比就比，谁怕谁。我说。

爬了一会，我和莹莹就被甩在了后边，莹莹说，大红，我全身都出汗了，咱们歇歇吧。我喘着粗气说，行。我俩对着上面喊，有什么了不起，你们还是男的哪。

歇了一会，长居他俩在上面喊：两位娇小姐，差不多了吧。实际上他们并没走多远。赶上他们后，我们就一起爬。爬了一会，向上看看，我们以为就到山顶了，可爬一阵子还是不到。又歇了几次，莹莹打退堂鼓了，要不，咱们别向上爬了，咱们回去吧。她坐在地上赖着不走了。我说，不行，我们都到这儿了。要不这样，叫长居和思文拉着你。我这样一说，他们俩的脸立马红了。有什么不好意思的，都是同学，相互帮助也是应该的。他们扭着脸，拉起莹莹就走。

小路两边全是树林，我们的出现偶尔使一两只山鸡惊飞。

快中午时，我们实在走不动了，就坐下来休息。各自拿出了书包里的干粮和煮鸡蛋，还有灌好水的瓶子。才开始是各吃各的，莹莹抢了思文的半个咸鸭蛋后，我们就相互抢夺着吃了起来。吃饱闹够，我们又重新上路。

当我们四个汗流满面到达山顶时，一下子全瘫在了那儿。我们脑子里一片空白，一路的激动顷刻间化为泡影。山的那边竟还是连绵起伏的山，没有我们幻想的世界；天也开玩笑似的移向了另一座山的顶端，使我们想摸摸它是软的还是硬的，凉的还是热的希望成为奢望。

在我们那个三面环山的小山村里，在我们最远只去过离村七里路的洪范镇的每个少年心里，都有一个愿望，想看看山外边的世界是个什么样子。

我们四个坐在山顶上，任太阳晒着，各怀心事的望着远方。

长居瞪大眼睛，挨个看了我们一眼，忽然大笑起来，他指着我们三个脸上的汗道道笑得说不出话来。我们看到别人的模样也大笑起来。莹莹指着长居的鼻子说，你是老鸹飞到猪腚上，光看到别人黑看不到自己黑。

思文抬头望着天空说，我们要是只能飞的鸟该多好，想去哪儿去哪儿。我就先去一趟北京，到天安门广场看一看，到故宫里看一看，看看北京人民是怎么生活的，他们是不是天天有肉吃？

我说，要是能飞，我就去一趟青岛，先是看看海，和海鸥一起翱翔在波涛汹涌的大海上面，该是多么惬意的事！

要是能飞，我就去新疆沙漠，为国家把所有的矿藏找出来。如果找到大的金矿，我就先抱回一大块来，卖了在镇上给我们家盖一所房子。长居眯着眼说。

莹莹说，你小心眼，要是找到金矿，先把咱们的学校都盖成楼房。我要是能飞，就飞到美国去，把他们的先进技术都学回来，改造咱们中国。不行到时候把首都迁我们这儿来，咱们这儿不就热闹了……

天使的翅膀

　　这天下午，在汶川县映秀镇小学三年级的课堂上，班主任张米亚正在给同学们上作文课。

　　张老师是这个班的班主任，在女同学的眼里，自己的班主任是这个学校里最棒最帅的老师，他不但课讲得声情并茂，人也长得特别英武，他的脸上棱角分明，眉宇间都透着一股英气；在男同学们眼里，除女生们说的这些条件外，他们喜欢张老师的理由还有一个，就是他的篮球打得特别的好，篮球场上，他的那双手臂像附有魔力一样，篮球听话的在他手里上下翻飞，他们觉得在操场上看张老师打球是一种享受。

　　张老师说，同学们，今天是你们的第一堂作文课，老师给你们出的作文题目就是《假若我有一双飞翔的翅膀》，大家知道，鸟能飞，想飞到哪里去，就可以飞到哪里去，高山、大海都挡不住它们的步伐，大雁、燕子冬天从北方去南方过冬，春天它们又飞回北方。人是不能飞，但我们可以发挥我们的想象能力，假若我们能飞，你想去干什么？你想飞去哪儿？唐飞飞，你名字中有两个飞字，你说一说，你若能飞，最想去的是哪儿？为什么？

　　唐飞飞站了起来，想了想说，我想飞到北京去，去看看真实的鸟巢是什么样子，因为那儿是今年奥运会的主会场。

　　张老师点了点头，说，唐飞飞回答得不错，于猛，你是怎么想的？

　　于猛是个男生，他站起来说，我要能飞，就去山里把金矿找出来，让咱们这儿建得和成都市一样漂亮，让全世界的人都来咱这儿旅游，一是让人们都知道中国有个汶川县，二是把我们这儿变的富裕起来。

　　张老师笑了，同学们，于猛回答得好不好？

好。大家齐声说。

于猛回答得很好，但改变家乡的面貌还是要靠我们的双……

这时灯突然有些晃，继而桌子上的书本、笔掉在了地上，楼房开始摇晃，张老师说，地震了，同学们赶紧向楼下操场上跑。

见有的同学还在装书包，张老师喊，什么也不要拿了，快跑。

当大部分同学跑出了教室时，楼房摇晃地更厉害了，灯掉了下来，楼板发出刺耳的摩擦声，接着有楼板塌了下来，门倒了下来，在门口指挥同学们向外跑的张老师向后退了一步，才没有被倒下来的门砸着，教室里弥漫着呛人的烟尘。张老师环顾了一下教室门口，人是出不去了，楼板还在向下掉，他喊道：唐飞飞、于猛，快到我这儿来。

五秒钟后，整个楼垮塌了下来。

两天后，救灾人员扒开教学楼的一角，眼前的场面令所有在场的人都惊呆了，废墟下，张米亚老师跪扑着，身体早已冰冷，但他双臂环抱着的两个孩子竟还都活着，救援人员怎么也掰不开他的双臂，只有含泪将他的双臂锯断，才托出了两个学生。

这个生前平平常常的山村教师，只有 29 岁，他折断了自己天使的翅膀，却让两个孩子重新站了起来，能够再次飞翔。

后来唐飞飞和于猛都写了张老师布置的那篇作文，不过内容不是他们在课堂上叙述的，他们在作文上都写到了这样的话：假若我有一双翅膀，我要飞到天堂去看你——张老师，还想听你给我们讲课，还想看你打篮球……

 # 漂亮的实习生

那年，我在集团下属的一个公司做人事经理。这天，有个穿着得体的女孩来应聘，她的简历表上是这样写的：翁虹，24 岁，1.73 米，美国哈佛大学四年级在读，贸易专业。

我抬起头看着她，她浅浅地向我一笑，我倒有些不好意思了。她气质高雅，漂亮动人，除有一双好像会说话的大眼睛外，还有一对醉人的酒窝。

我低着头问：你是从什么渠道看到我们公司的招聘信息的？

天空人才招聘网上。她的声音很好听。

你应聘什么职位？

贸易部职员。她答得很干脆。

你什么时候回美国继续读书去？

半年后。

如果贸易方面的人员已招满，你会考虑其他职位吗？

可以啊。

前台接待你能干吗？

她想了想，可以啊。反正我没有什么工作经验，贵公司只要能给我一次实习工作的机会，我会很开心的。

对薪水有什么要求？

多多益善啊。是开玩笑啦，给多少都可以啊。

……

这天，总经理打电话让我过去问道，新来的前台我看不错，是有人介绍来的，还是从应聘人员中招来的？

我知道总经理说的是翁虹，忙说，是从应聘人员中招的。

学什么专业的？

贸易。

在前台锻炼锻炼，要是不错的话，可以充实到贸易部去。不过，对新进公司的所有新员工，一定要加强培训，严格管理，对试用不合格者，就两个字——走人。一定要记住，我们公司不是慈善机构，我们需要的是人才。

我怕挨训，没敢说是实习的大学生，嘴上答到，知道了。

翁虹的入职培训考试成绩还不错。

有一天总经理把我和办公室主任一起叫了去。老总点了一支烟，脸色很不好看，刚才开会，你们两个没发现吗？一会你们两个去会议室看看，卫生情况怎么样？纸杯里谁扔的烟头？还有座椅扶手的浮尘擦了没有？你们一定要查清楚责任，该罚款罚款，该通报通报，我们这儿不养娇小姐，干不了可以走人。这是我们自己开会，要是接待个外商，你们想想，这会不会影响我们公司的形象？好了，你们去落实吧。

办公室紧急开会，我也参加了。卫主任讲了刚才发生的事情，让大家反思一下，今后如何做好工作。谁的责任谁心里清楚，回去写份检讨交上来。

这时翁虹突然站了起来，她抬起头说，对不起，那个烟头是我扔的，卫生没打扫干净也是我的责任，与大家无关。卫主任、王经理，还有大家，给你们添麻烦了。我愿意接受公司对我的任何处罚。

卫主任、我，还有大家都怔在了那儿。

她本可以只承担没打扫干净卫生的责任，关于那个烟头，完全可以装着不知道。

卫主任把翁虹的检查交给我后，我思量了下，还是找翁虹谈了一次话。我说，我知道您是一个很率真的人，作为一个留学回来的才子，让您去干打扫卫生的一些杂活真是强人所难，但公司就是这样规定的，每个进入公司的人都要经过这样的试用期，每个人刚开始干的都不是自己的专业。这点事不算什么，过去就过去，今后自己注意就行了。

她认真地听我说话，不住地点头。

离开时她向我深深鞠了一个躬，说，谢谢王经理对我的开导和安慰，我心存感激。您放心，我会好好工作的。

就像她自己说的，她后来的表现真的很不错，三个月时她顺利地通过了试用期考核，进了贸易部。

由于她的英语好，有两次和外商谈判总经理都带上了她，回来后，总经理对她的表现很满意。

她越表现好，随着她要回美国的日子临近，我心里越不安起来。她要走了，领导追问留不住人才的原因怎么办？

这一天还是很快到来了，她办完辞职手续后，我硬着头皮和她一起去和总经理说明情况，一进门，总经理办公室里有客人，我们刚想退出来。那客人吃惊地说：小虹，你怎么会来这儿？

翁虹说：爸爸，这就是我打工的那家公司。

总经理说：董事长，翁虹是你女儿啊？

不像吗？

像，太像了。王经理，你是不是知道翁虹的情况没告诉我啊？

我赶紧解释：总经理，我真的不知道她是董事长的女儿，是她自己来应聘的。

总经理说：董事长，是您用这样的方式派翁虹来考查我们的工作吧？

我什么也不知道。她从美国回来休假，说要找家公司实习，我说我给她安排，她不同意，要自己去找。找来找去，还是在我的手下公司啊。董事长说完哈哈大笑起来。

爸爸不讲理，我可不知道这是你的下属公司。

翁虹走时，公司的许多人都知道了她是董事长的女儿赶出来送她，和大家一一握手后，她突然走到我的跟前，小声说，王经理，我有一个小小的请求。

你说。

让我拥抱你一下好吗？

我呆在那儿，不知怎么办。

她走上来紧紧抱住了我。嘴附在我耳边温柔地说：谢谢你这一段时间对我的照顾……

她现在的身份是——我女儿的母亲。

猎人之死

早晨起来，冬保一开门，高兴地对老婆春英喊：媳妇，下大雪了。今天给你和柱子解解馋，我一会去打些猎物回来。

看把你美的。春英相信自己的丈夫，每年的冬天下雪后，丈夫都会打回一些野兔和山鸡来，自己家吃不说，春节前还会让她给娘家送去些。

这是今年冬天下的第一场大雪，出门前老婆嘱咐他：穿暖和点，别冻着。不管打着打不着东西，早点回来，别天黑了还不回来，让人牵肠挂肚的。

放心吧，你就等着晚上炖肉吃吧。冬保回头向老婆挤了下眼睛，掂了下肩上的猎枪，大步跨出了家门。

大地一片银白，雪后的天空也是洁净如洗。冬保呼吸着这清新醉人的空气，嘴里不由自主地哼上了小曲：这2006年的第一场雪，比往年来得晚了些时候……

哼了一会歌，冬保想到了自己的儿子小宝，儿子上五年级了，学习特别用功，每次考试都是前三名。班主任吕老师不只一次地对他说过，你们家小宝，真是块学习的料，好好培养，说不定将来就是咱们村出去的第一个大学生。想象到儿子有一天真考上了大学，亲戚朋友、全村人都来祝贺，自己这当老子的脸上多有光啊。想到这儿，冬保得意地笑出了声。今年得多打几个猎物，给这小子好好补补。他的步子有力了许多。

来到原野上，他有些兴奋。手里的这只枪是从爷爷那儿传下来的，枪托被爷爷、父亲和自己的双手磨得放光。不是打猎的季节，农闲时他会拿出枪来擦一擦。子弹是自己用炸药和碎铁锭做的，方法是父亲从爷爷那儿传下来的。这样的子弹威力很大，一枪打出去，能扫倒一大片。

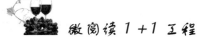

多半天过去了，冬保只打到了两只山鸡。冬保有些着急。他提着枪，向原野深处走。走着走着，他突然驻足，心里慌慌的，感觉到前面有猎物。他双手端起了枪，定了定神，慢慢向前走。二十米距离的前面，那猎物忽地一闪，是什么东西没看清楚。冬保又跟了几步，那猎物又开始跑。冬保这次看清了，是只兔子，足有七八斤重。前面是块平地，为了节省子弹，冬保没有开枪，而是提起枪去追。

那只兔子一蹦一跳地在前面跑，冬保心情激动地在后边追。跑过了一片原野，又跑过了一片原野。那只兔子好像和冬保开玩笑似的，你快它就快，你慢它就慢。始终和冬保保持着二十米的距离。冬保已经有些跑不动了，他咬着牙一边跑一边端起了枪，"啪"，枪响了，兔子的前后翻起一片雪花。冬保接着奔向那片雪花，但什么也没找到。前面也没有了目标。冬保心里想，真是出了鬼了。再向前是一大片被雪覆盖的植物，冬保接着向前追，刚跑几步，被什么绊了一下摔倒了，他爬起来扒开茅草一看，眼前是一个陷阱。那只兔子缩在一个角落里发抖。冬保心里想，看你还往哪儿跑。冬保喘了会儿气，摸了摸兜，兜里还剩下了一颗子弹，他把最后一颗子弹装进了枪膛。

他端起枪对准了陷阱里的兔子。他脑子里又出现了儿子大口吃肉满嘴流油的情景。他的脸上现出一丝满足的微笑。

可万一这一枪打不准呢。

这个陷阱虽然只有一米五深，但这一枪打不死它，自己也不能下去。俗话说，兔子急了也咬人。先用别的办法，弄不死它再用最后一颗子弹。他转了好大一圈，也没找到一块石头之类的东西。这时他突然想到了自己手中的枪托。

天色有点暗了下来，这个时候他反而不着急了。他在陷阱边的雪地上坐了下来，点上一支烟，美美地吸了起来。他心里想，等儿子上了大学，在城里扎了根，自己也上城里住住、逛逛，到那个时候，看村里哪个王八蛋还瞧不起咱。

冬保吸完了烟，站起来拍打掉屁股上的雪，拿起了枪。他用左手扶着陷阱的边沿，右手握住准星下的枪杆向下捣去，一下，两下，兔子痛的吱吱叫着，那叫声在寂静的傍晚，响彻原野的上空，很是瘆人。

这时，情况出现了转变，在冬保手中的枪托又一次捣下去时，也许是那只兔子求生本能的反映，也许它要反抗，只见它立起身，两只前腿抓住了枪托，它身子向上一跃，"啪"，枪响了。冬保握枪的手松开了，他惨叫了一声倒向了井边……

　　家人和村人找了一夜，第二天早晨才在陷阱边找到了他，他的身子都已经僵硬了。井里只有冬保的那只猎枪立在那儿，别的什么也没有。谁也不知道昨天这儿发生了什么？

　　从此后，这片原野上再也没有人打猎。

 # 代 价

天宫镇原先不叫天宫镇，而叫于家坡镇，为了招商引资，头几届的一任镇长给改了名。他当时集思广益，让镇里的所有干部和下面村里的干部，都开动脑筋起个有意思的名字，下面报上来的一百多个名字都被否定了，最后还是镇长发挥自己的聪明才智，结合这里有山有水的地理优势，又考虑这里离现代文明较落后的实际情况给起了这名，天宫，你想想，天上的宫殿啊，言外之意还是世外桃源啊！但改名后的十多年里，考察的企业来了不少，但没有一家来此投资。正当大家以为改革的春风永远吹不到这块贫穷的土地时，镇中心小学南边车水马龙地热闹了起来，好像一夜之间，一座大型的化工厂矗立在了那儿。没多久，那十几个大烟囱里就向外冒烟了，人们从这浓浓的烟气里看到了小镇的希望。

化工厂开业不久，就主动给中心小学建起了电脑室，为了帮助家庭困难的孩子，又向学校捐赠了五万元钱。当时镇里在学校举办了隆重的电脑室落成和捐款剪彩仪式，学生军乐队鼓乐齐鸣，全校师生列队欢迎，全镇领导全体出席，史镇长的讲话激动万分，化工厂总经理的发言豪情万丈，那可以说是小镇有史以来最热闹的一天。

学生们课余时觉得新鲜，三三两两的总爱到化工厂门口去走一走。他们小小的心里都有了一个美好的想法，万一将来考不上大学，托托在镇里工作或县里工作的亲戚，来这儿上班也不错。

没多久，学生到室外活动的越来越少，操场上打球的学生也好像一下子懂得了学习的重要性。老师们发现，学生们经常出现头疼、恶心等症状，老师们虽然不说，但也时常皱紧了眉头。

因为工厂处于学校的上风口，所以不刮风还好些，一刮风，学校里

就弥漫着一股难以忍受的刺鼻气味。

工厂后面未经处理的污水直接流入了农田，田中本来绿色的麦苗，开始变枯变黄，奄奄一息，地边的树木长期被浸泡在污水中，也成了一根根木桩。

家长们也发现了，孩子们回家后时常头痛、发烧，天天无精打采的样子。家长们相互一问，原来不只是光自己的孩子有这症状，家长们考虑到了问题的严重性，把问题反映给学校，学校又把家长们的意见和实际情况汇报给镇里。

没几天，史镇长在全镇村主任会上说，针对镇中心小学有学生出现头痛、发烧等症状的问题，镇领导已和化工厂进行了交涉，他们答应，每位学生一年补助800元钱。大家回去，要通知到每个有在中心小学上学学生的家长，同时，也做做家长的工作，人吃五谷杂粮，哪没有个头痛脑热的。再说了，要发展，总要有牺牲嘛！

没多久，中心小学的学生，家里有路子的开始给孩子转学，有的甚至把孩子转到了离家更远的学校去了。转学风波一起，闹得人心慌慌。学校又把情况反映给了镇上，镇上开会下了一个文件，凡在中心小学就读的学生一律不准转学，今后谁再办理一个，有关人员全部回家。

中心小学的事情就这样平息了下来。

一波刚平，一波又起。化工厂周边的村民找到工厂，要求赔偿他们的小麦收成和死掉的树木。工厂很是大方，一亩地每年赔偿一千元，一棵树大小都算二百元。史镇长在一次村主任会上说，人家化工厂能来咱这儿投资，对我们镇的经济发展是一针兴奋剂，学生的问题，周边土地、树木的问题都解决了。哪个村里再有人出来找人家的事，你这个村主任记住了，你还想不想干？

没多久，化工厂老总找到史镇长，要求再租1000亩地，扩大工厂规模。史镇长连夜召开了有关人员参加会议，表决同意了化工厂的要求，但附加条件是，让他们在镇政府前修一条宽敞的马路。

散会后，所有人都走了，史镇长兴奋地睡不着，他点上一支烟，在院子里踱步，他心里想，就凭这个项目，一两年内我回县城换个局长当当，应该没有什么问题吧。

就在史镇长连夜开会的第二天下午，中心小学发生了学生集体晕倒的事件，共有四十名学生进了医院，经医院医治，大部分学生已经脱离了危险，但有四名学生还在昏迷中，并被120连夜送进了省城医院，经专家会诊，他们是氯气中毒，好转的可能性不大，最好的结果也会成为植物人。

经记者到实地调查，该厂职工在生产作业中都配带防毒面具，化工厂主要生产二氯苯氨，这类产品都属于高污染危害品，生产过程中会产生高浓度的苯化物和氯气，这些污水和废气若不经过适当处理随便排放，将会造成严重危害。

学生出现了这样的情况，化工厂的烟囱里还照常冒烟。这天，化工厂门口突然聚集了好几百人，他们表情沉重，没有人号召，人们像传染似的齐刷刷地跪了下来……

 家　书

牵挂是一根线，思念是一张网。

这是二十年前的一个故事。那时我才十七岁，刚下学。跟援藏队去西西格里修公路。和我住同屋的有个老乡大叔叫马大山，背地里我们都喊他马大哈。西西格里一年四季里最不缺的是风沙，最少见的是绿色和女人。白天还好，大家垒石头、填土，忙着干活。到了夜里，听着蒙古包外呼呼的风声，偶尔传来几声瘆人的狼嗥。

那时通讯还不发达，就是发达了，电话也扯不到荒山野岭去。

所以家信就成了我们筑路工人盼望得到和寄托思念的唯一方式。虽然书信有时要在路上走两个月，但那薄薄的纸片传递的却是父子情、母子情、夫妇情、兄弟情。

马大叔不会写信，每每看见别人收到信后的喜悦表情，他总是躲到一边去吸烟。出来有多半年了，那几天看他心事重重的样子，我也不知他怎么了。这一段他对我特别的好，干活时尽量让我干轻点的，吃饭时好几次把菜拨给了我一些。

那一天晚上，他终于艰难地说出了心事。

"小不点，大叔求你点事。大叔没文化，大叔老早就买好了笔、纸和信封。大叔求你给家写封信，问问娃子上学怎么样，家里没事吧？"

"咳，就这点事，你怎么不早说。我帮你写，现在就写，明天就寄走。想婶子了吧？"我知道老马为什么这段对我这么好了。

老马的信寄出后，他又还原成了原来的老马。干活从不惜力气，脸上也偶尔露出笑容。

过了一个月，又过了一个月。老马的信还没来，那天我主动提出，

又帮老马写了封信。

过了些日子，又过了些日子。老马家里终于回信了。那天下午正干着活，文书到工地上分发了来信。拿到信，老马激动地把信封看了又看，用手摩擦着，随后小心的放进衣兜里。有人喊："老马，给大家念念。"老马只是脸红了红，并没把信拿出来。

没过一会，我去厕所，老马也来了。在厕所外边，他喊我："小不点，你给我念念。"我接过信封，看笔迹肯定是他上小学三年级的儿子写的。撕开后，我掏出一页纸，他把信封拿过去，又用手去掏。内文和信封不是一种笔迹。内文像一年级小学生的字体。我认真看完内容，说："不念了吧。"他紧张的凑上来："怎么了，怎么了，信上写的什么。快给我念念，大叔求你了。"

信上只歪歪扭扭写了几个字：

大山：＊娃很好，我想和你睡觉。

娃他妈

我念完，老马还目不转睛地看着我。见我把信递给他，忙问：完了？我答："完了，就这些。你媳妇会写信？这信封和内容不是一个人写的。"

"她不会写信，她没上过学。"

后来那时少年不知愁滋味的我，把老马的信当笑话讲了，许多人见老马的面就开玩笑：我想和你睡觉。

没多久，我被爷爷病重的电报召回了家，往后再无缘见到老马。

再后来，我想老马的媳妇一定是一天或几天向儿子学一个字，一个字一个慢慢描下来的那封信。那是一个山里女人对在数千里之外自己男人的一份思念。

二十年后，让我在这儿对老马及老马大婶道一声：对不起了。

手机里的遗书

下午两点多，保全躺在妻子身旁，和儿子说话：臭小子，别折腾你妈了，快出来吧。

妻子英子说：你看你，你一说他，他又开始踢我了。

真的？保全一脸的幸福。

英子拿起保全的手放在自己的肚子上说，不信你摸摸。

保全用手小心地摸着英子隆起的肚子，儿子像明白似的，在保全手活动的范围内又踢了一脚。

英子笑着说：感觉到没有，你儿子踢了你一脚。

感觉到了，我儿子是想我了，想让我抱他。

看把你美的。

突然，房顶上的灯开始晃，继而是床，桌子上、柜子里的东西掉在地上，接着整个楼房开始摇晃，门窗、楼板发出刺耳的摩擦声，保全猛地坐了起来，坏了，地震了，英子，来，咱们快下楼。他想背英子，又怕挤着孩子。他架起英子向楼下跑，整个楼像在跳舞，人走在楼道里像踩在棉花上。

英子颤抖着哭出了声，我们可能出不去了？

保全劝英子，别怕，有我在你身边哪，天塌了有我顶着。

当两个人惊魂未定的刚跑出楼，身后的六层楼瞬间被夷为平地，一时间尘烟弥漫，电闪雷鸣，狂风大作，天昏地暗，旁边的建筑也在一片片倒下，好像整个世界都倒塌了。

保全撸了一把脸上的雨水，拉着妻子对身边打着伞的邻居说，大嫂，我把妻子交给你了，麻烦你替我照顾一下她，我去救人。

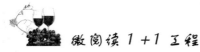

英子担心地说，太危险了，你要小心。

放心吧，有咱儿子保佑我哪。你可不要激动，这样对儿子不好。保全转身向英子做了个鬼脸。

我就在这儿等你回来，哪儿也不去。

保全向传出救命声的废墟中冲去。

一个，二个，三个……不知过了多少时间了，他一连救出了30多个乡亲。

在一片倒下的瓦砾里，传出了婴儿的啼哭声音，他循着声音钻进摇摇欲坠的楼板、墙壁间寻找，他在窄小的空间里下到了里面，这时离孩子的哭泣声越来越近，他心里说，孩子，别哭，叔叔来救你了。他用手扒，用手刨，两只手被磨得血肉模糊，指甲盖几乎都掉下来了，他没有了疼痛感，他心里只想着，我一定把这个小生命救出去。当他的大手握着一只还在动的小手的时候，他说，小朋友真乖，不哭了，叔叔来了，叔叔一定会把你救出去的。这时，哭声突然停了下来，保全在心里笑了，这孩子真听话，自己的儿子将来长大了，也会这样听话的。

突然，地又开始晃，摇摇欲坠的墙壁塌了下来，保全心里明白，发生余震了。这一时刻，他双手用力地撑着地，下意识地趴在了孩子伸出手的地方。

垮塌过后，一切又恢复了宁静。保全动了动身子，身边的空间几乎一点也没有了。他一下子感觉到浑身的骨头像散了架，他想歇一会……

三天后，人们把保全和他身下不到三十公分处的孩子找到的时候，孩子还有呼吸，他是喝保全流下去的血活过来的。而保全却永远地走了，他手里死死攥着自己的手机，手机上有一条没发出去的短信："英子，如果我不能回来，请你告诉我们即将出生的孩子，原谅爸爸的不辞而别，因为爸爸是军人……"

 # 管教与罪犯

汶川监狱。

下午 2 点 25 分，林管教拉响了男号里的起床铃声。

两分钟不到，罪犯们都站在了自己的床前。

这时，房子像喝醉了酒，开始摇摆。

罪犯们一阵躁动。

林管教扶着墙走了进来，对罪犯们说，现在地震了，全体人员注意了，不许说话，听我口令，目标，院中央，跑步走。

院子里的上空，阴云密布，继而电闪雷鸣。

队伍跑出来了一半，房子就开始垮塌。林管教一边喊快一边指挥着队伍向外跑，头上不时有砖头石块掉下来。这时，房子像打摆子样大幅度摇晃起来，只听轰的一声，房子开始倒塌。

跑出去的罪犯开始回头看，烟尘中，林管教站了起来，他大喊道：快回来救人。

罪犯们转回身，开始从废墟里向外救人。

有人喊，林管教，你的头破了。

我这点伤没事，快救人要紧。

一个个伤员被抬了出来。

这时，一位年轻的女管教跑过来，林管教，女号的人埋的更多，您快派人去救救她们吧。

林管教对部下小刘说，刘森，你留在这边指挥继续救人，我带部分学员到女号那边去。

到了女号这边，林管教对男犯们说，她们都是我们的姐妹，先救好

救的，后救难救的，多救一个是一个。

说完，林管教就带头钻入了废墟中。

通过大家近五天的共同努力，上千名男女罪犯都有了下落。

晚上，林管教又忙着和犯人们一起搭防震棚。

当深夜静下来时，他想起了自己的家人，年老体弱的父母，在映秀镇可好？住在县城家里的妻子、女儿不知怎么样了？出事那天的上午，他回家呆了二十分钟，女儿小茹刚大学毕业从成都回来没有几天，她的工作还没有着落，女儿和他开玩笑，老爸，真找不到好工作，我就去监狱接你的班吧。他说，你把我们单位当什么了，我们是个正儿八经的单位，改造人们灵魂的地方，不是收容所。

一直在不停地打电话、手机，都没有家人的消息。

地震一个星期后，弟弟打来了电话，所幸弟弟一家在这次地震中躲过了灾难，父母都去了。

一个星期后，林管教请假去看看家。县城成了一片汪洋，哪里还有家的踪影？他跪下朝着自己家的方向说，老伴，我对不起你。女儿，爸更对不起你。可爸是个警察，罪犯们都是高墙里的学生，是改造对象，他们的生命一样宝贵啊。他打开手机，看着妻子的照片，妻子深情地望着他。他打开女儿小茹的照片，小茹笑得那么灿烂，那么甜美，像随时要向他撒娇似的。

林管教当上副监狱长一年多了，学员们和同事们都还是习惯叫他林管教，他感觉大家这样叫他更亲切。

早操时，听说林管教的父母、妻子、女儿都在大地震中走了，上千名罪犯一起向林管教深深地鞠了一躬，继而有不少罪犯跪了下来，他们说，假若您不嫌弃，我们都是您的儿女，我们一定好好改造，争取早日回到社会上去重新做人……

林管教的眼圈红了。

砸你家玻璃

走着走着，天空突然乌云密布，会芬说，你看咱出来时天还好好的，怎么一下子要下雨？是不是你叫下的？

鲁一贤说，当然是我让下的，早晨我对老天说，你看多长时间没下雨了，农村的庄稼都快旱死了，可怜可怜农民兄弟吧。你看这老天爷还真听话。

去你的吧。

只要外边没有应酬，每天晚饭后，鲁一贤都会和妻子会芬一起出来散散步。俩人说说笑笑的，很是融洽。

会芬心里想，年轻时他可不是这样的，像个闷葫芦，什么都不说，时不时地还发脾气。俩人生气时，她骂他冷血动物、木乃伊。那时他要有这样的表现，两人怎么会有那么多气生？

俩人说笑着转身往回走。

走到街边一栋楼的角上，会芬突然指着一层的阳台说，你看。鲁一贤顺着妻子手指的方向看去，一块玻璃被打碎了。他们天天从这儿走，没发现过这儿有人住。刚才过去时好像玻璃还没坏。

鲁一贤一本正经地说，这不是我砸的，这玻璃真不是我砸的。见前后没人，他的声调还挺高。

会芬笑着说，就是你砸的，就是你砸的，你别不承认。她的声调也不低。

真不是我砸的。

就是你砸的。

你看见了？

我亲眼看见的。

俩人说笑着向前走。

走出好长一段路了，一位中年人从后边追了上来，二位，别着急走，我有话说。

鲁一贤说，你找我们？

会芬说，你认错人了吧，我们不认识你。

过去不认识，咱现在认识认识吧。那人凶巴巴地说，我那阳台玻璃妨碍二位走路了？谁手怎就那么贱？我要今天不来还真找不到你们，你说，咋就这么巧，我刚才正在里边阳台上捡玻璃，心里窝着一肚子火没处发，咳，你们俩在阳台外说的话我可听得真真的。别再给我说不是你干的。这位女同志可以证明，就是你干的。

真不是我干的，我们刚才是说着玩的。鲁一贤急忙辩白。

同志，对不起，我们真是说着玩的。咱们无怨无仇，我们砸你家玻璃干什么？会芬跟着解释。

这时，有好多人不顾天已下雨，停下赶路，站下来看热闹。

是啊，我也纳闷，我和二位前世无怨，后世无仇，砸我们家玻璃干什么？那玻璃碍谁蛋疼了？

两人互相看了一眼，又看了看围观的人群，无地自容地低下了头。

要么给我换玻璃，要么咱们去派出所。两条路，你们自己选。

要是答应给他换玻璃，就证明玻璃真是自己砸的了。可那玻璃确实就不是自己砸的。鲁一贤想了想说，让她走吧，我跟你去派出所。

那可不行，到派出所你不承认玻璃是你砸的怎么办？她可以给我当证人，证明玻璃就是你砸的。

没办法，俩人跟那人一起去了派出所。

这可是俩人平生第一次进派出所。

在派出所，民警问，你砸人家阳台玻璃没有？

鲁一贤诚恳地说，没砸，真的没砸。不信你问我爱人，我们俩一直在一起。

你说没说过"这玻璃不是我砸的"的话？

说过。

你这话是此地无银——吧。

不是，我们两口子随便说着玩的。

……

民警问她，你说过"玻璃就是你砸的，我亲眼看到的话"没有？

说过。

他砸人家玻璃你怎么不管啊？

他没有砸人家玻璃，是我们俩说着玩的。

你们说的话怎么让我相信是真的？

俩人无话可说了。

俩人怎么也解释不清自己没有砸人家的玻璃。只有稀里糊涂的赔了人家一百块钱的玻璃钱了事。

出了派出所的门，俩人一路无言……

一碗泉

我当兵的这地方，离罗布泊只有五公里。

这里一年只刮一场风，一场风从春刮到冬。头些年离营房不远有几棵胡杨柳，这几年大旱少雨，慢慢都死掉了。沙漠上最可敬的生命是骆驼草，它的生命力极其顽强，在和恶劣自然环境的较量中它永不言败，悲壮地坚守着自己的阵地。

有时候，站一班岗下来时，脚下的沙能埋到人的膝盖，帽子上也能抖下一捧沙。沙粒打在脸上生疼生疼的，只要出了屋门，就是一嘴沙。刚来到时，我的情绪特别低落，跑到离开营区几里远的沙漠里，望着家乡所在的东方，高声呼喊："爹、娘，我想你们，这儿不是人呆的地方，儿子还能不能活着见到你们都很难说了。"但在连队里谁也不太敢显露出来，怕影响自己的进步。

我们三班长看出了我的心思，找我谈话时，向我讲述了这样一个故事：原先，有一个南方新兵，是个城市兵，来这儿后，看到满目荒凉的景象，看到一望无际的戈壁滩和沙漠，他接受不了"白天兵看兵，晚上数星星；吃水贵如油，风吹石头跑，太阳如灯照"的这个现实，他做梦都在呼吸着家乡湿润的空气，他曾天真地制定了这样一个计划：趁晚上出去上厕所之机，跑出这儿，找个有火车的地方坐车回老家去。好不容易等到了一个好天气，这天晚上，如他设想的一样，没风，天上有月亮。等战友们都睡熟后，他悄悄起来装着上厕所的样子，出门后观察了一下四周，跳出围墙消失在了夜幕了。结果他在沙漠里迷失了方向。等四天后战友们找到他时，他已脱了水，还剩最后一口气。战友们给他喝了水，把他抬回了部队，他捡回了一条命。

班长还说，那个南方兵被救后，曾无数次的对战友们叙说：在我倒下后的意识里，身边有眼碗口大的清泉，那水清澈见底，可我怎么也爬不到它的边上去。有一刻我睁开了眼睛，努力聚起了一点力气，想站起来，但试了几次都没有成功，四处都是荒无人烟的沙漠，哪有什么清泉。

　　后来我知道了班长讲的那个南方兵就是我们现在的营长，他在这儿已经呆了十六年。我们营长有句名言：这儿的土地再贫瘠，环境再艰苦也是我们祖国的土地，也需要有人来守卫。男子汉可以流血流汗，但决不流泪。

　　后来我还知道了，我们这儿原本是没有地名的，"一碗泉"这个诗意的名字是我们营长的杰作。

退伍军人亚强

　　亚强天刚刚亮又起了床，像每天早晨一样，嘴里哼着：学习雷锋好榜样，忠于人民忠于党，爱憎分明不忘本……拿起那把大扫把去扫街。这是村里唯一的一条街道，他扛着扫把来到街道的东头，脑袋还有些晕，东一下西一下的扫着。这时村里有早起的人站在门口好奇地看着他，有两个小青年骑自行车从村外来的小路口停了下来，这可能是外村的人专意来看稀奇的。亚强心里想的却是，今天小姨领一个姑娘来相亲，但愿我的婚事能有点眉目，省的爹娘整天愁眉苦脸的。

　　一边扫着街，亚强一边想心事，村里风言风语的，说这小子当了6年兵，是不是当兵当傻了，回来的第二天就上街扫街，还帮村里唯一的五保户——老光棍刘满囤担水。

　　扫完街，他又来到刘满囤家，刘满囤脸上堆着笑说：亚强，你是个好孩子，但大叔的身子骨还硬朗，今后你少往我这儿跑吧。你还年轻，还得找媳妇，我是个光棍汉，老和我来往，对你名声上不好听。

　　回到家里，家里已经拾掇利索，叫他骑车去买点肉和菜。他骑上车子出了村子。

　　可当他回到家时，已经是中午十二点多了。见家里没有客人，他问小妹：怎么，咱姨她们没有来？

　　你干什么去了，买那么点东西，就二里路，现在这么晚才回来？

　　在林场那边碰上个问路的，提了两个大包，说去张家湾，我看人家怪难的，就送了人家一程。怎么，咱姨她们生气走了？

　　走什么走，人家女方家听说你天天起来给村里扫大街，不相信，今天早晨她弟弟跑来看了。咱姨捎信来说，人家不愿意了。

才开始那两年，还时不时地有个给提亲的，后来连个提亲的也没有了。爹娘背地里总是唉声叹气，原想让他妹妹给他换个亲的，妹妹也同意了，正好有一门三角的亲事，但他死活不同意。妹妹嫁到另一个镇上去了。

连也在外当过兵的村里的民兵连长都说：亚强这孩子，怕真是在外当兵时，脑子受了什么刺激？

不知从哪天起，有村里的小孩远远地看见他，就会喊：精神病来了。

大舅做主，家里和妹妹家一起凑了些钱，把他偷偷地骗到精神病院门口，说是给他介绍了个护士，说这精神病院的护士也不好找对象。到了门口没一会，里边出来几个穿白大褂的五大三粗的小伙子，舅舅一使眼色，不由分说，几个人抬起他就走。他忽然意识到了什么，大喊：我不是神经病，我真的不是神经病，你们送我这儿来干什么？你们抓我干什么？我是正常人。你们这是限制我的人身自由，你们要负法律责任的。任凭他喊破了嗓子，也没一个人听进他说的话，他就这样住进了精神病医院。

住了几个月院后，他回到了村里。亚强想想也是，自己能去告谁？告父母？告大舅？还是去告医院？他变得更加沉默了。晚上睡不着觉，他半夜里偷起来去扫街。过去人家只是背后说他是神经病，人们现在何时何地都可以说了，即使说着说着他走过来听见了也没关系。他有时辩驳：我不是神经病，你才是神经病。人们也不和他计较，就笑着说：从精神病院出来的人，还不承认自己是神经病。说完大家都会大笑起来。

又一年秋天到了，村里又一个后生要去当兵了。亚强躲在暗处，偷望着那小伙远去的背影出神。

父母为了他，一夜间头发几乎一下子全变白了。虽然不爱说话，但不管干什么活，他有使不完的力气。

突然有一天，他失踪了。爹娘动员了所有的亲戚朋友出去找了三天三夜也没找到。能找的地方都找了，山上，地里，沟沟坎坎全找遍了。家人怕他寻了短见，在村西方圆几十里唯一的一口机井前轮流守了好几天，也没见水里漂上一个人毛来。

他手里有点钱，他坐车去了石家庄，又辗转到了赞皇县杨家沟乡王山头村，找到了在部队时的老班长郁国安，两个人一见面就抱头痛哭。亚强讲了他回家后的遭遇，班长一个劲地点头。郁班长一句：我也被送进过精神病院使亚强怔在了那儿。

后来郁班长变卖了家产，两人到山东寿光去学种蔬菜去了。

听说后来他们各自回到了自己的家乡，要教乡亲们种蔬菜大棚。村子都没人相信他们，他们就自己先种，见他们果真挣了钱，乡亲们才跟他们学。

值得告诉各位的是：两人都还坚持给村里扫街，都找上了媳妇。

还要告诉大家的是：他俩都是雷锋班出来的战士。

 # 心　结

住在部队干休所里的莫大福，几十年来最忌讳别人在他跟前提朝鲜战场上的松骨岭战役这几个字。

妻子秀华当时是荣军院里的护士，是从沂蒙山区招来的青年学生，组织上动员她们要热情为这些最可爱的人服务。当时她被分配照顾莫大福，组织上介绍说，莫大福是我们志愿军的一个团长，虽然没有多大文化，但在朝鲜战场上打过好几次胜仗，立过好几次战功。在战场上他指挥果断，英勇顽强。在一次惨烈的战斗中，眼看阵地就要失守，他急红了眼，带着文书、警卫员、报务员一起冲上了阵地，等增援的部队赶上来，从死人堆里找到他时，他全身血肉模糊，他的右腿被炸没了，左胳膊也炸断了。抢救人员本以为他活不了了。在战地医院里他稍有一点意识，昏迷中还在喊：同志们，冲啊，和狗日的美国佬拼了。秀华听了他的事迹感动得哭了。莫大福情绪暴躁，有时候还大喊大叫。秀华每次给他喂饭喂水，架起他坐在轮椅上推出去晒太阳都费很大的劲，有时他还故意把饭碗水碗碰翻弄秀华一身，有时甚至还骂人。好几次都把秀华气哭了。每次秀华都是像哄孩子样哄着他，在一起呆的时间长了，相互也适应了些。特别是莫大福，慢慢地有点离不开秀华了。

有一次她家里写信来，说有事让她回家一趟。等她从家回来，替她班的玉秀说，你这个老莫可真难待候，你走的这十多天里，不好好吃不好好喝不说，还像丢了魂似的。他是不是看上你了。秀华说，去你的。这次家人叫她回去，就是有人给她介绍了一个对象。对方是个教师，但她莫名其妙没有答应。见她回来了，莫大福眼里一下子有了神气。后来组织上找秀华谈话，一是莫大福同志自己向组织上提出来，他有这个意

思。二是为了更好的照顾他的生活，动员秀华嫁给他。说他是革命的功臣，理应得到幸福，我们个人做出点牺牲是光荣的，也是值得的。在组织的安排下，她和莫大福结合在了一起。

后来他们有了儿子和女儿，国家在城里给分了房子，他们搬出了荣军院。

有一天，她给丈夫莫大福读一本反映抗美援朝战争的纪实方面的书，才开始他听得很仔细，有时候还插一句，这种说法不准确，我参加过这次战役，我还不知道？当念到松骨岭战役几个字时，他身子怔了一下，脸上一下子严肃了起来，大吼了一声：别念了。吓的秀华一哆嗦，秀华用不解的目光望着他问：怎么了？他一言不发。接下来的几天里，他都是心事重重的样子。从那后，秀华再也没敢在他跟前提过松骨岭战役这几个字。

儿子、女儿懂事后，她把不要在父亲跟前提松骨岭战役几个字交代给了他们。现在儿子、女儿都长大当了军官，也都结了婚。他们又把这事交代给了各自的爱人。

一天他接到通知，过几天有位从要职上退下来的老首长要来看他，说在朝鲜战场上和他是战友，他思来想去也猜不到是谁。

这天楼前一下子来了三辆车，秀华扶着他出来迎接，从中间的车上走下来一位满头白发的老者，他觉得这人是有点面熟，但还是一下子想不起来这个人是谁？那老者下车后，站定了，向着他凝望了一会，突然举起右手，向他敬了一个标准的军礼。后面的几个军人都学着那白发老者的样子，向他举起了右手。那白发老者向他扑上来说："老团长，你不认识我了，我是你二营三连的连长王二柱啊。"莫大富用牙咬着自己的嘴，盯着那白发老者，简直不敢相信自己的眼睛，他心里想，我这不是在做梦吧。

思绪把他带回到了朝鲜战场：

他正在团部里踱步，焦虑的等待前方阵地的消息。听到有人在门口喊："报告"。

他说："进来"。

一个吊着左胳膊、满脸满身是血的人扑了进来，他定睛一看，是坚守256高地的三连长王二柱。

他问："你的士兵呢?"

"都牺牲了。"

"你的阵地呢?"

"我……"

"你是中国军人,应该人在阵地在,应该与阵地共存亡,应该与战友们共生死。一百多号人,你都给我带没了,自己还有脸回来?"

"团长,我失职,我有罪,我对不起一百多个战友,你处分我吧。"

"警卫员,通信员,叫卫生员给他包扎一下后,把这个逃兵给我'请出去'。然后,全体团部人员集合,跟我一起上256高地。"

……

"当时警卫员、通信员把我带出去,离开团部不远,他们给了我一个罐头后把我放了。后来我被二军某团收容了,登记时我报了个假名,我想就叫王二柱永远从这个世界上消失吧。伤好后,在参加的所有战斗中,我冲锋陷阵,十多次和死神擦肩而过。现在身上还有六十多块弹片。"那位白发老人步履蹒跚地跑过来紧紧抱住了莫大富。

"真没想到,你还活着。那一仗后,我后悔不应该那样对待你。你自己不跑回来,做出的也是无谓的牺牲。后来不知你是死是活,我给你报了烈士。《中国人民志愿军英烈录》第二卷322页上有你的名录。几十年了,我都在为当时对待你的态度上的鲁莽惩罚自己。在这里,我郑重地向你道歉。"莫大富老泪纵横。

"老团长,什么也别说了。打听到你的消息后,我高兴坏了,没想到今生还能见到你。今后我会多来陪陪你的。"

秀华这时也终于明白了莫大富心中的那个结。

寻找英雄

　　据平阴县志记载：一九四三年秋，日本鬼子占领了老东阿城。第二年春天在洪范南的王山头和周庄中间修建了一个炮楼和碉堡。日本人白天去附近村里查谁家有共产党、谁家有在外当八路军的。至一九四四年春天碉堡被我地下党炸掉前，先后杀害我地下党和八路军家属共一百多名。炸毁敌人碉堡的是谁至今尚无定论。据分析，该同志有可能在此次行动中英勇牺牲了。解放后，我人民政府在被炸毁的日本人修建的碉堡原址修建了一座无名英雄纪念碑。

　　父亲也曾参加过八路军。记得小时候，母亲曾无数次的给我们姐弟讲起过这样的故事："我嫁给你爹时，他18岁，我16岁，结婚刚二个月，你爹就被村里的地下党动员去当了八路军，听说他们在县大队训练完，驻扎在山东面的丁泉村了。有一个晚上，一家人都睡下了，突然听到有敲门声，你爷爷披上衣服去开门，走到门口时先咳了两声，小声问：'你找谁？'你爹小声答到：'是我'。你爷爷开了门。你爹一身庄稼人打扮走了进来。他说是趁天黑从山上摸黑过来的，他给你爷爷说，到部队上后，还没有打过仗，天天就是训练，一点也不危险。可回到我住的东屋后，他说，真不想再走了，到部队上不到三个月，已打了五六仗，头一天还在一个土炕上睡觉的人，第二天在战场上一个一个像麦个子样被摞倒了。晚上老做噩梦，梦到他们几个等我睡着后，来挠我的脚心。我先是在梦中笑，然后是醒来哭。早晨村里有鸡叫二遍时，你爷爷喊你爹让他上路。你爹只是答应，赖在被窝里不肯走。我说，你快走吧。等天明了你就没法走了。每次讲到这儿，母亲脸上总是现出一片红晕，停顿一会。然后接着说，村里的保长（实际上是地下党），看我刚过门，能说会道的，让我当村里的妇救会主任。说是要送我去县上接受秘密培训。你爷爷不愿意，找人捎信让你爹回来，你爹又一个晚上偷跑回来时已是下半夜，他听了你爷爷的劝说后，连夜带我逃了出去，我们逃到天津卫后，靠你爹给人家送煤为生。解放后因挂着你爷爷、奶奶，我们就带着你们大哥、大姐回来了。都怪那时你爹他没出息，听你爷爷的话，怕我出来混好了不要他了。不然的话，咱家也可能现在就是城里人了。"每每说到这儿，母亲总是用眼睛剜一眼父亲说，你看什么看，难道事实不是这样？这个时候，父亲总是面露宽厚的笑容，小声说，你那时怎么不去当你的干部，又没有人拉着你。

在我们幼小的心灵里，总是为父亲那时当了逃兵而感到有些脸上无光。

也许是为了堵上母亲的嘴，也许是命运使然。爹后来把我和弟弟都送到了部队上。早已转业回到县志办公室工作的弟弟来信说，县里要重修县志，你这个中校军官被列入其中，望尽快邮一个你自己的简历来。弟弟还说，为重修县志，他们查阅了县档案馆的所有资料，走访了所有能找到的老八路和地下党，弄清了好几位烈士的籍贯问题。奇怪的是，一九四四年在咱们村西炸掉敌人碉堡的那位无名英雄，始终查不到是谁？但他的事迹还是像解放后的那本县志一样被放在了第一条。

父亲咽气时，我因为部队上有抗洪救灾任务没有来得及赶回去，弟弟告诉我：父亲咽气时说，转告你哥哥，在部队上一定要当个好兵。我死后，把我埋在村西边地里那块无名碑下就行了……

意 志

炮火连天，硝烟弥漫，战斗正进行地异常激烈。

空军前线指挥部内。

喂，空军前线指挥部，我是823高地陆军五团，我部五个小时内向山上三次冲锋均没成功，残伤了我一百多个弟兄。在北纬线239度有美军的几个重火力点，我部请求空军给予支援。

空军指挥部明白，你部下一次冲锋定在什么时间？

天亮以前。

好，823高地五团听好，我马上汇报，请你们做好下一次冲锋的准备。

823高地陆军五团明白。

山沟里一块平地上，停放着我军的几架飞机，这几架飞机是苏联老大哥援助的，飞行员也是我军历史上的第一批飞行员，这其中就有被人们誉为"拼命三郎"的刘飞。在过去的几次大战中，刘飞机智勇敢、沉着冷静地完成了任务。被上级授予战斗英雄一次，立一等功两次。

当洪副参谋长交代完这次的战斗任务，刘飞第一个站起来主动请战：首长，让我上吧。我有多次实战的经验。

所有飞行员都站起来请战。

刘飞声调高过所有的人说：我这条命就是解放军给的，再说，他们都有家庭，我是无牵无挂。

洪副参谋长点了点头，大声宣布道：刘飞同志，请你做好投入战斗的准备，其他同志待命。

临起飞前，洪副参谋长拍了拍刘飞的肩膀，你小子给我记住了，一定要沉着应战，我们空军的底子薄，就这几架飞机。不但要完成任务，这飞机从这儿给我开走的再给我开回这儿来。

是。请洪副参谋长放心，我保证完成任务后，把飞机安安全全开回来。

刘飞向洪参谋长敬了个标准的军礼。然后转身上了飞机。

飞机像离弦之箭射向了天空。

它在上空转了半圈，像是要把这个地方记得深刻些。

823 高地，陆军五团再次吹响了冲锋的号角。

枪炮齐鸣，喊声振天。敌人的几个火力点又吐出了火舌。

只见夜空中有红光一闪，那红点向敌人的火力点上方移来。

片刻后，火光冲天。过了一会，敌人的几个火力点一齐哑了。

这时，天空中又出现了好几个红点，天籁处传来枪炮声。

空军前线指挥部，谢谢你们的支援，敌人的几个火力点全被干掉了，我们已经顺利越过了这几道封锁线。天空出现了好几个红点，并有密集的枪炮声传来，是不是我们的飞机被敌人发现了，请通知飞行员撤吧。

空军前线指挥部明白，再见。

另一间指挥室里，无线电波时断时续。我是 01，神鹰一号听到请回答。

没有回音。

喂，神鹰一号，神鹰一号，我是 01，01 呼叫，听到请回答。

……

指挥室的空气像要凝固住了，简直能使人窒息。

突然电波声强了起来，一阵杂音中传来一个微弱的声音：01，01，我是……神鹰……我已完成任……但我可能回不……

信号一下子又没有了。

半个小时后，我方山沟里的飞机场上，夜幕中，洪副参谋长来回踱着步，随行人员也不时地抬头向天上望一眼。

正在大家心急如焚的时候，一个战士突然喊：快看，神鹰一号回来了。

人们的目光都看向了天空。

天上，一个红点越来越近。

洪副参谋长长出了一口气，命令到：救护人员和救护车做好准备。

红点越来越近，但它运行的路线一点也不规则。

当大家看到，红点慢慢变成飞机，离大家越来越近时，飞机像喝醉了酒似的忽上忽下，忽左忽右，飞机发出的轰鸣声尖厉又刺耳，极不正常，大家的心一下子都提到了嗓子眼。

飞机快到地面时，并没有按地面指挥塔的命令执行，而是摇摇晃晃，在机场上空转了一圈，才开始歪歪斜斜冲向跑道，轰鸣声简直能把整个世界震醒。

虽然飞机冲出了跑道，但它总是停下了。人们愣了片刻，一起向飞机跑去。

眼前的飞机，使人们一下子惊呆了，这哪是飞机，几乎就是一团废铁。人们用东西撬门撬不开，从一个大点的窟窿钻进去，发现飞行员刘飞身上全是弹孔，身上、脸上的血都凝固了。他的双手紧握着方向盘，任怎么弄也掰不开。在场的所有人都失声痛哭。

洪副参谋长安排，让那个飞机方向盘随他下了葬。在给他授予英雄称号的命名大会上，洪副参谋说：我们军队有这样的钢铁战士，还有什么打不赢的仗……

母爱醉心

　　父亲走了二十多年了，母亲的身体硬硬朗朗的。这是曾子凡心里最欣慰的事。前些年每次接母亲来北京小住，呆不上一个月，她就闹着要回家。说你们这儿住在高楼里，接不上地气，说话也没人能说到一块去。再待下去就把我待出病来了。要是孝顺，就送我回家吧。这些年母亲岁数大了，出门不方便了。所以自从副师职的岗位上退下来后，他就经常回去一趟看看母亲。

　　早晨一起床，他对老伴说，我要回家，老娘想我了。

　　老伴说，那叫谁陪你回？

　　不需要，我自己回就行。

　　你以为你还年轻，七十多岁的人了。

　　老伴不放心他，就叫孙女雪菲请假陪他回家。

　　爷俩下了火车，打了个车向100多公里外的山里驶去。路上，孙女雪菲说，爷爷，你这是今年第3次回家了吧。

　　是啊，想你太奶了。

　　太奶也真是的，不会享福，去咱家呆着多好，非要回乡下住。

　　你不理解，乡下空气好，人气浓，她能活的舒坦。

　　车子一进山，曾子凡问司机，师傅，能打开窗户吗？

　　可以。

　　打开窗户，曾子凡深深吸了一口气。他心里想，这是真正的家乡的空气，这种熟悉的味道一下子灌满了他的五脏六腑。

　　车快到村子时，他对孙女说，菲菲，知道吗？当年我就是从这条小路从大山里走出去的。这东山小时候我去上边逮过蝎子，来这小河边割过草……

一进家门，他站住了。母亲端坐在院子里，很安详的样子。

曾子凡轻轻喊了一声，娘。生怕吓着母亲似的，声音又绵又柔。见母亲没有反映，他的眼睛湿润了。

他紧走几步，在母亲面前，轻轻地跪下了。母亲转过脸，昏花的双眼中有亮光闪过，继而脸上露出一丝宽慰的笑容。他把几乎已是满头白发的脑袋深深埋在母亲怀里，母亲用那双满布青筋的手把他揽在怀里，轻轻地拍着。许久许久，母子俩就这样抱着。当母亲捧起他的脸时，他早已是泪流满面。

站在一边的雪菲看到眼前的这一幕，眼睛里也盈满了泪水。

深夜了，娘俩个还在陈谷烂芝麻的聊着，雪菲早已进入了梦乡。

娘，您也睡吧，咱们明天再聊。

行，你也累了，早点歇着吧。

躺下了许久，母亲也早已经熄了灯，他却怎么也睡不着。

突然屋内有一丝亮光闪过。母亲轻手轻脚地来到他的床前，里里外外给他掖了被角，然后手电照着别的地方，在手电的余光里端详着他，久久，久久。

他的眼角有两行泪水悄然流下。他装着熟睡的样子，没有去擦眼睛。他心里想，母亲这辈子太苦了，而我太幸福了，这样的岁数了，还能享受到母爱。在母亲心中，不管你多大了，永远还是个孩子。

他脑子里过起了电影：自己这一生的酸甜苦辣，沟沟坎坎。

第二天早上雪菲起来，看爷爷睡得那么香甜，脸上还带着笑意。心里想，这老顽童，不知又做什么好梦了。

当家人忙完早饭，太奶让雪菲喊他吃饭时，他再也没有醒来。

母爱，使他醉过去了。

# 师生情

这天是十月三日晚上，孙信正带着老婆和女儿在上海外滩赏夜景，突然接到一个电话：喂，是孙信大哥吗？

是我，君洋兄弟吧？有什么事，你说。

大哥，我父亲快不行了，他提了好几次了，想最后见你一面。我们也知道你忙，不太好意思开这个口。可他老人家非……

张老师的病情稳定点没有？你告诉他，我明天，明天就到家了。

大哥，你部队上那么忙，能脱的开身吗？

能，正好我这几天休息。

收起手机，他长长地叹了口气。

爱人关切地问：谁的电话？什么急事？

他对爱人和女儿说：张老师的儿子君洋打来的电话，张老师快不行了，他要见我一面。对不起你们娘俩了，我现在就去火车站，我得回家看他。

那我们怎么办？

你们愿玩就再玩两天，不愿玩就回南京吧。

女儿插话说：爸爸说话不算话，你答应十一假期陪我出来玩的。

真的对不起，女儿，爸爸的老师要死了，爸爸得去见他最后一面。

你五一不是已经回去看他了吗？

他心里也觉得对不住娘俩，答应她们好几次了，带他们来上海玩。这次好不容易来了，只陪她们玩了一天就……

最后还是他爱人说：让你爸爸去吧，咱们明天就回家。

打车回到招待所，他拾掇了一下，就奔火车站了。

回到县城，他径直去了医院。走进病房前，他换上了军装。一进门，张老师的家人都惊呆了，没想到他回来的这么快。

张老师处于昏迷状态两天两夜了，他一直守在身边。同病房的人都以为他是张老师的亲生儿子。

妹妹打电话气哼哼地说，哥，听说你回来三天了，为什么不回家看看父母？他们也那么大岁数了，也都想你。

这天后半夜，张老师的眼睛突然睁开了一条缝，眼神寻找到孙信时，他的手动了一下。孙信忙伸手握住了他那骨瘦如柴的手，那一刻，孙信真的感觉到了，张老师用力回握了一下他的手。张老师的嘴角向上一牵，脸上露出了一丝笑意。他就这样安详地走了。

君洋把父亲的遗书拿给他看：

君洋，吾儿：

我走后，你们要把孙信当成自己的亲哥哥看待，他是爸爸这一辈子最得意的一个学生，有这样一个学生也是爸爸一生的骄傲。你和姐姐经济条件都不错，我留下的这五万块钱是我所有的积蓄，转交你孙信哥，让他出画册用。他现在已是部队上很有名气的青年画家，是你们事业和做人上学习的榜样。他多次嘱咐过我，让我给他的画册写序，嘴上我没有答应他，可我偷着写了许多遍，最后都不满意，全撕掉了。还是让他找个名家写吧，我觉得我不够资格。再说名家写了，对他的进步会有更大作用的。

爸爸：张恒

2006—9—1

孙信看完张老师的遗书已是泪流满面，他想起了师生之间的另一件事：他当兵走时就有一个梦想，因家里很穷，他想到部队上考学。到部队后，他一边复习功课一边拜师学画画，他的进步很快，两年后他的画作就在全国和部队相继获奖。当得知他考上解放军艺术学院的消息时，张老师来信说：孙信，首先祝贺你考上了梦寐以求的艺术院校。另外，如果上学是自费的，你也不要着急。你家里条件差些，还有老师我哪。

我可以答应包你上学之间的所有学费。你不要多想，你能上军校的大学
也是我这个老师的荣耀……

上军校不但不用交学费，还有生活费和津贴费。虽然当时没有花到
张老师的一分钱，但他给予自己精神上的慰藉支持是多少金钱也买不
到的。

 # 情 书

这里是西藏墨脱县某边防连。

士官班长鲁国仁带队从边境线上巡逻回来，放下枪和子弹袋，从炉子上烤了一把手，对全班战士们说，上晚上十二点的岗时一定要穿棉衣，今晚有雪。

这时通信员走了过来，"二班长，有你的家信，看字体，是未来嫂子的情书吧？"

"班长，是不是嫂子催你回去结婚？"

"班长，嫂子那么漂亮，你可要加紧'进攻'速度，早日领部队来给我们看看。"战士们开始起哄。

"什么意思，我看你们这帮小子怎比我还着急？"鲁班长把信向口袋里一塞，和战士们说笑起来。

这是夏天，要是在内地老家，早跑到海里游泳去了。此刻，鲁班长一个人躺在营房外的山坡上，双眼望着蓝天上游动的云彩想心事。

她信上说，你要再不转业回来，我真没法等你了。看看身边的同事、朋友，结婚的结婚，有孩子的有孩子了。我等了你这么多年，平心而论，我觉得也问心无愧了。光结婚的日期你就推了四次了，我成什么了，我成嫁不出去的老姑娘了？想到这里他的鼻子有些发酸，也确实不愿女朋友格子发牢骚，这两年婚期定了四次，自己一次也没有按时回去过。头一次请好了假，开好了结婚介绍信。那时自己还是副班长，结果班长家里来了个电话，电话转了十多个总机才打到山下的兵站，又通过一号电话传到山上来时，话筒里的声音已变得像蚊子叫，断断续续听懂了一个意思，班长父亲出车祸死了。自己咬咬牙提出不探亲了，让班长走了；

第二次按定好的日子准备走时，大雪却凑热闹似的不期而至，封山了。自己急得像热锅上的蚂蚁团团转；第三次……

正在鲁班长这几天心乱如麻的时候，他又收到一封信。信是指导员转给他的，信封看上去有些陈旧，上面的字有些模糊，但中间的名字还能看得清楚：鲁海堂。他看了一眼信，又疑惑地抬头看着指导员。

"鲁海堂是你父亲吧？"

"是。"

指导员说："因这里常年大雪封山，过去部队的一些物资给养都是有直升机空运进来的。这封信是直升机捎进来的大量军人私人信件中的一封。直升机在飞越著名的多德拉雄雪山时意外坠毁，导致大量信件散失。这封信是一名叫达旺的藏族牧民后来在失事的地方一个石头缝中捡到的，当时他虽不识字但仍把信保留了起来。后来达旺的女儿长大后，发现了家中这封收藏了二十几年的信，知道是内地的亲人寄给边防金珠玛米的家书，便将信辗转交给了部队。我从过去的档案中得知鲁海堂曾是这个连的老兵，经了解，知道你就是鲁海堂的儿子，就把这封信交给你吧。"

这是母亲写给父亲的一封情书。

鲁国仁把信揣在胸口，好久好久才平静了下来。他怀着十分神圣的心情打开了这封信，信是这样写的：

海堂：你好！

天气冷了，出去巡逻一定要多穿衣服，更要注意安全。我们娘俩都好，不用挂念。你说部队需要，还得再多干一年。大道理咱不懂，但俺明白，这么大一个国家，总得有人去站岗、放哨。你放心，为了你俺会保护好自己的。你们那儿气候变化无常，条件恶劣，不用给我们寄钱了，你也不要太苦了自己。儿子想你，俺也想你。

你的妻子：芬

鲁国仁看完这封信，已是满脸泪水。他决定，把这封信寄给女朋友看看……

爱吃饺子的那个人去了

火情就是命令。

早晨五点多，中队接到华新大厦着火的报告，警铃声急促地响起。在临时来队家属房休息的牡华一骨碌爬了起来，看了躺在身边的妻子秀一眼，他把动作放轻了许多。妻子趁暑假带儿子来部队上看他。娘俩刚来三天，他本答应趁今天是星期天，带她们俩去公园玩的。说话间，牡华已经穿戴整齐，提上鞋就想向外跑。妻子秀睁着睡眼朦胧的眼睛问：华，怎么了，出事了？牡华转回身，一边笑着说：有火情，我是副队长，不去不行，一边上来拍了下秀的脸蛋接着说：不好意思，把你吵醒了，天还早着哪，你再睡会吧，门我带上就行了……

一上午，秀都觉得心里慌慌的。牡华不在家，不能出去玩了，她就动手整馅准备包饺子，这是牡华最爱吃的饭。有一次牡华探家，正好赶上春节，她看着牡华吃水饺时的那个馋劲说，看你这个吃相，像几天没吃上饭了似的。牡华嘴里含着没来得及下咽的饺子说，在南方，一年也吃不上一次这么正宗的饺子，老婆做的饺子就是香，就是好吃，一辈子也吃不够。她说，等能在一起了，我天天给你包饺子吃，撑死你。想到这里，秀的脸上露出一丝笑容。

秀就这样一边想着心事一边切菜弄馅，不小心被刀划破了手。

包了包手，她继续干活，包着饺子她时不时地抬头看一下表。

十一点半，牡华没有回来。

十二点，还没有回来。

十二点半，她有些坐卧不安了。她抱上两岁的儿子来到营房。刚进入营区，就看到消防车鸣着警笛进进出出，秀心想，这火着得可够大的，现在还有消防车出去，肯定火还没有扑灭。看到有些军人脸像包公，三三两两站在一起议论着什么。她抱着儿子突然转脸开始往回走。丈夫是领导，火没扑灭肯定不会回来的。要去问他怎么还没回来，官兵们还不笑话。有时一年都见不上一次面，这一上午没见，就来找了。他回来还不训我，最起码会说我没出息。先回去把水烧开，等他一进门，饺子立即下锅。早晨又没吃早饭，干多半天活，他一定饿坏了。

回到临时家属房，儿子哭闹个不停，她打开小收音机哄儿子，原想找找看有没有儿歌什么的。儿子不原意，伸手拿过收音机，自己玩着。儿子玩着玩着，自己拨出了一个台，儿子高兴地抬头看妈妈。这时收音机里传出了这样一段话：各位听众，我现在是在本市华新大厦着火现场向大家作现场报道，今天早晨发现的大火，在消防官兵的努力下，八十多名大楼内的工作人员都安全撤离了现场，无一人伤亡。正在救火过程接近尾声的时候，不幸的事情发生了，大厦楼体突然倒塌，有十几名消防官兵被埋在了下面，有关部门正全力营救……听到这儿，秀软软地瘫在了地上。

这时，门口进来了几个人，他们把秀扶起来，其中有个女同志坐在了她身边。领头的人说，玉秀同志，我是政治处主任刘项，着火现场发生的事情你是不是已经知道了一些。今天上午十一点十分，大火快扑灭时，突然发生了大楼倒塌事件，包括你家老牡在内的十五名官兵被埋在了里边，各方面正在全力寻找抢救他们，请你看好孩子，自己也要多保重。一有牡华同志的消息，我会马上通知你。这位是政治处的沈干事，她留下来陪陪你。秀看了一眼桌子上那些等着丈夫回来煮的饺子，又扭脸看着正在说话地刘主任说："主任，您给我说实话，我们家牡华是不是已经……"刘主任动情地说："玉秀同志，请你相信组织，牡华同志现在还没有找到，一有消息，我们会及时和你联系的。但大厦只倒塌了一半，现场很危险，这给营救工作带来了一定的难度，但我们会尽全力抢救我们的战友的，所以还是请你在家等消息吧。"

下午没有消息……

傍晚没有消息……

半夜没有消息……

秀越来越感到了恐慌、害怕……

第二天，从收音机里报道的找到的牺牲官兵名单中还是没有丈夫的名字，她心里即感到紧张又怀有一线希望。她想，只要丈夫活着回来，第一顿饭一定要让他吃上自己亲手包的饺子。

第三天，终于传来了找到丈夫遗体的消息。她眼前一黑，晕了过去。

战友们从牡华的身边发现了他戴的安全帽，里边用白粉写满了字：秀，假若我不能活着出去，儿子留给父母，今后的路还长，你一定要再走一步……秀，我现在感觉，一是喘不上气来，二是太饿，多想吃上一碗你包的饺子……

向往住院

国强一当兵就来到了国防施工部队，而且部队驻地在一个偏远的山沟里面。他们干的主要工作就是打山洞，用风钻打眼后，填上炸药雷管放炮，然后再把石碴拉出来填进沟里。

刚到这儿时，国强怎么也想不通，他心里对自己说，要是知道来部队是打山洞就不来了，这和在家干建筑队上山开石头有什么两样？而且没有当兵前想象的那种丰富多彩的文化生活，电视分队里是有，但那只是个摆设，收不到信号。报纸也只能看到一个星期前的。

星期天国强曾和几个老乡把四面的山爬了个遍，不论哪个方向，爬过一座山，前方还是山。他们对着家乡的方向，声嘶力竭地大喊：爹，娘，我在这儿。爹，娘，我想你们。一座座大山像传声筒似的，把他们的话传了下去……那是山的回音。

一位老兵开玩笑说，咱这里天上飞的蚊子都是公的。你们还要做好心理准备，冬天上厕所撒尿，要拿上一根棍子……

当两年后国强他们成了老兵时，除了向往探家，就是盼着星期天能搭中队买菜的130车进一次城。城里有个新华书店，那是战士们最喜欢去的地方，还有就是用不了十分钟就能转完的那个小公园。

一次工地发生了塌方事故，和国强一个班的孟杰被砸伤了腿，送进了城里的一家部队医院。等孟杰拄着拐回来时，脸上却写满了满足和得意。说起在医院的一切，孟杰讲得眉飞色舞，国强和战友们听得津津有味。

不久后，国强因胃炎从卫生所开了转院单到那家部队医院检查。做胃镜要喝一种像稠石灰水样的东西。

那个好看的女医生说，这钡餐很难喝的。

咱当兵的，流血牺牲都不怕，还怕什么难喝？

嗯，是个好兵，像个男子汉。女医生笑着说。

……

做完钡餐透视，医生说，你可以先办别的事或进城玩玩，结果下午才能出来。

在医院的楼道里、院子里，看到一个个身穿白大褂，领口露着两片红的医生、护士们一个赛一个漂亮，国强的眼神好像不够使的，折腾了自己好几天的胃疼也好像突然好了。

去逛了新华书店，到百货商场给战友们买了要捎的东西后，他急忙赶回了医院。

那位漂亮的女医生笑着对他说，从透视结果看，你的病问题不大……

医生，我能住院吗？

怎么，你想住院？

望了医生一眼，国强不好意思地低下头说，我想赶紧把病治好，好全身心投入国防施工工作。

小战友，你这胃疼，主要是得注意饮食习惯，住院也没有什么见效快的治疗方法，我给你开点药，你回去吃就行。

医生，求求你，能不能让我住院治疗，少住几天也行。

女医生笑了笑，摇了摇头，对国强说，你这病不够住院条件，要是你的病情需要住院，你不住我们也不会放你走。

拿了点药，国强惴惴地走向医院门口，望着院子里那些穿病号服的人们，国强的眼神里多是羡慕的成分。他狠狠的想，我这病为什么不再重一点，重一点我就能像他们一样在这儿住院了。

这一刻，走在医院外的国强心里，既有些失落又有些满足，他对自己说，也许不久，我还会回来的……

火 种

据平阴县志记载：抗日战争时期，我县地下通信员秦三光荣牺牲时，年仅十五岁……

在三面环山的丁泉村，设有我地下党的一个秘密联络点。通过村公所李保长的掩护在山区一带开展工作。没有上过一天学的孤儿秦三，从十二岁起就在村公所当公务员。

一天，有一封急信需要立即送到县大队去，地下党小组刘组长正考虑让谁去合适，李保长想到了秦三。

秦三虽然不知道送的信的内容是什么，但他知道这信是和日本鬼子对着干的。一天一夜八十多里路秦三打了个来回。

从那起，秦三成了联络点不在编的通信员，他有时把信放耳朵眼里，有时放在粪筐的牛粪里，有时用树叶包上放嘴里。每次都能顺利地把信送到。日子久了，敌人都知道洪范山区有一个有智有谋的送信少年秦三。

这天秦三去送信，在石碑子终于被日本鬼子抓住。日本人从秦三扛的扁担夹层里找到一封信。

日本人气急败坏，趁洪范集公审秦三。在古香古色的老戏台上，两边站着两排实枪荷弹的日本宪兵。当一个留丹田胡的日本军官喊了一声后，一个瘦弱的少年被带了上来。台下千万只眼睛一下聚到了少年的脸上，少年脸上有道道血痕，但他的眼里喷射出愤怒的火焰。

"你叫什么名字？"日本军官手扶腰间的洋刀问。

"秦三。"

"这山区的共产党都藏在哪儿？"

"不知道。"

"你认识的共产党都有谁?"

"不知道。"少年秦三眼中的怒火烧炸了丹田胡。"啪、啪"两个耳光。秦三的嘴角流出了血。

"你是不是共产党?"

"是。"

"割了他的右耳。"

两个日本宪兵上来,割下了秦三的右耳。秦三痛苦地咬着牙,身子倒在了台上,但头高昂着。

"你说不说?"丹田胡瞪圆了眼睛。

"我什么也不知道。"

"割了他的舌头。"

又两个日本宪兵上来动作,秦三满嘴是血,在台上滚动。

"这就是共产党的下场!"丹田胡面对人群高喊。

"小日本,我日你八辈祖宗!"

"小日本,我日你八辈祖宗!"台下响起了怒骂声。

丹田胡向空中开枪示警。

十几天以后,洪范山区共有二千余名青壮年报名参加了八路军。

此后,洪范山区的抗日烽火越燃越旺……

吃了一头牛

郝老汉被儿子从农村接到城里来，望着自己的得意之作—儿子，他心里满足极了。儿子提团级干部了，跟县长一个级别。在四邻八乡谁不知道郝家湾出了个大军官。儿子可真是光宗耀祖了。

"爹，这是我的朋友牛助理，他说今天晚上请你吃饭，咱们全家都去。"

"不上别人家去吃，怪麻烦的。"

"大伯，不上家去吃，咱到外边吃。"

"下饭馆？我不去。"郝老汉用手背抹了一下鼻子。好说歹说把老头劝上了车。出门前郝老汉被儿媳逼着换上了一件刚买的中山装。望着街两旁五光十色的彩灯，郝老汉心里想，这得浪费多少电。

到了"皇苑酒店"，下车后坐电梯上楼。进电梯后，老汉问："进这里边，怎么走？"

孙女小丽笑着说："爷爷，它自己会走。"大家也都笑了，但没一个人笑出声。

说话间，门开了，大家下来，径直往厅里走。郝老汉抬脚迈步进不去，又换了一只脚，还是不行，正莫名其妙时，孙女跑回来，对他说：爷爷，这是镜子。

进了雅间，落座后，牛助理问老人家，爱吃什么？老人家说："吃什么都行。"牛助理又转头问丽丽，丽丽说："我吃基围虾。"

牛助理点菜，席间上了一个芋头扣肉，郝老汉笑问，城里人也吃芋头？后又接着说，这个芋头菜多少钱？儿子说，五十。老汉举在空中的筷子停住了。"就这点芋头这点肉，五十块钱？"

因屋里暖气热，大家都把外衣脱了。郝老汉没脱，中山装里边是棉袄，棉袄里边是皮肤。吃到中间，老汉热得没办法，把棉袄扣解开了，儿子抬头看了下妻子。郝老汉又问："这一桌菜得多少钱？"

　　"不多，也就一千多吧。"

　　"一千多，顶头牛钱。"说着放下了筷子。任凭大家怎么劝，他一口也不吃了。

 # 截 车

正是深秋，鲁西南的山区天已有些凉意。在一条乡间土路上，一位老太太挎着个竹篮子，有些费力地向前挪动着。她不时向后看看，脸上显出些焦急的神色。过来一辆拖拉机，她举手拦车。开拖拉机的装作没看见，开过去了。她继续行走着，不时把手里的篮子换到另一边去挎一会儿。她听到动静，又站在路旁拦一辆小三轮，等小三轮快靠近她了，速度似乎慢了些，她有些高兴。但车到跟前，又加油门窜出去了。老太太失望地摇了摇头。又走了一段，她觉得实在累了，就坐在路边歇歇。望着西山快落下去的太阳，她的脸上布满愁容。

又起来赶路。

后边又有车的动静，这次她索性站到路中间去。声音越来越近了，是辆小卧车，她犹豫了一下，想躲开，却抬不动脚。车到跟前，使劲鸣喇叭。她没有躲开，就一直站在那儿。司机以为是告状的，从车窗探出头说："告状，去法院。"

"我不是告状，我要去永河镇医院。"

坐在车后座上的人示意司机停了车，从车上走下一位戴眼镜的年轻人。

"大娘，你要干什么？"

"求求你们，让我搭个车吧，我儿媳住院坐月子，我去侍候她。我儿子在新疆当兵，回不来。"

"对不起，我们这是……"

从后车窗探出一张官样的脸。他对眼镜说："让她上车吧。"

老太太不会开车门，眼镜帮开了。上了车，车子又动了起来。

眼镜问老太太："你知道这是谁的车吗?"老太太摇头说："不知道。"

"这位是县民政局张局长,一般人谁敢拦这辆车。"

"刘秘书,别这样说。"他转过头问老太太,"老嫂子,你是去永河镇医院?你儿媳生孩子,儿子在外当兵回不来?"

张局长笑着说："老人家,您受累了,这五十元钱您拿着,算我给您孙子或孙女的见面礼。"

"这可使不得,光让我坐车就感恩不尽了。"

"老嫂子,别客气,你要不拿着,我可要生气了。"

老太太望着张局长,不知如何是好。她怕官真的不让坐车了。再一想,他让坐车,还给钱。这是什么事?她一时弄不明白。

坐在司机边的眼镜回头笑着说："大娘,您就收下吧,我们局长也当过兵。"

在北京当兵

在北京当兵，万物复苏的春天里，天高气爽，人的心情也出奇的好。回家探亲的士官熊海波在济南一下火车，听到灌进耳朵里的浓浓乡音，一下子就感觉到，到家了。他嘴里哼着小曲提包跳上了去往家乡刘家庄的公共汽车。离开家三年了，他这是头一次探亲。他很幸运，实行兵役制度改革后，当兵第三年初就拿上了工资。父母写信说，听说你在部队上改了士官，家里上门给你说对象的快把门框给挤破了。

回到家的第二天，村主任上门来看熊海波，聊了半天后他说："海波，姜书记要把女儿桂琴许给你，你和你父母合计合计，如有意告诉叔一声，我给你们牵牵线。"海波说："叔，你别开玩笑了，我们家这么穷，全村人几乎都住上新房子了，只有我们家还住在这旧屋里，再说了，我只是一个普通兵，人家姜书记能看上我？"

"你不是在部队当上什么士官了吗？"村主任笑着说。

"士官也还是兵。"

"你不是都拿了一年的工资了吗？"

"是拿一年工资了，但说不定那一年就退伍回来了。"熊海波解释说。

"人家姜书记说了，看你小孩不错，假若你和桂琴订了婚，他帮你们盖房子。"村主任笑着站起来拍了一下海波的肩膀走了。

最后海波真的和村书记的女儿桂琴订了婚。儿子能去北京当兵，在小村的历史上他还是第一人，这又高攀和村里的书记成了亲家，爹、娘的脸上笑开了花。

回部队后想起这事，熊海波心里就有点不踏实。在村主任和姜书记面前，他本想如实说我在部队上只是个驯犬员。但虚荣心作怪，他几次想说都没说出来。他在心里为自己开脱，将来就是他们知道了我是在部队上干什么工作的，不是我不说，当时没有任何人问起过我在部队上具体是做什么工作的。

说是在北京当兵，可他们部队在门头沟区的山里，他在他们油库的驯犬班，天天和无言的"战友们"打交道。他训练的那条犬叫"威风"，是纯种的德国黑贝，每天的任务就是戴上棉套袖训练狗，晚上牵狗去山上的警戒区巡逻。刚来驯犬班时海波也想不通，我是来当兵的，怎么让我去养狗？要是知道来部队是来养狗，叫我娘来多好。闹情绪归闹情绪，但工作还得干。天天给狗喂食、梳毛、打扫犬舍，熊海波慢慢和"威风"有了感情，才开始训练时"威风"咬住他的棉袖有时能把他拖出几米远，脸也无数次被摔在地上擦破。熊海波越来越喜欢上了这份既刺激又有挑战性的工作。

初夏的夜晚，熊海波坐在离宿舍不远的山坡上想心事，家里来信说，桂琴爹在公路边给他家划了一份房基地，说麦收后就帮他家盖新房。他又回忆起探家时，村里的人们问他："天安门真比咱们这个庄子还大？"有的问："人家说北京的人比咱一个县的人还要多，北京真有那么多人吗？"邻居栓柱嫂问的更有意思，她说："大兄弟，你是不是就站在电视里放的从天安门前天天出来升国旗的那队伍里，我看着有一个人特像你，肯定是你吧。哪一天你再出来时举一下手，我们就知道哪一个是你了。"想到这些，熊海波笑着摇了摇头。

秋天时家里又来信说，新房子的墙已垒起来了，就差搭房顶了，是姜书记找包工队干的，钱也不让咱们家掏。突然有一天桂琴和他爹来了部队，熊海波如实说了，自己在部队是个驯犬员。桂琴被他爹拉着当天就离开了部队。

后来姜书记在村里说，熊海波哪是在北京当兵，他是在山里当兵。我以为他在部队有多大出息呢，你们猜他在部队上干什么？他在部队上喂狗。幸亏我领桂琴去看了看，不然年底桂琴被他家娶去就晚了。

两年后在破获一起盗窃军用物资的特大案件中，熊海波和他的无言战友"威风"立了大功，为此熊海波被保送上了军校。

钥匙的故事

栓柱当过四年兵，退伍后回到家乡修地球，那时农村刚实行包产到户不久，地分到自己的手里，想什么时候去侍弄什么时候去侍弄，比过去挣工分时自由多了。但过日子得买油盐酱醋，家里没个活便钱还是不行。

栓柱跑了一趟县城，后来又去了一趟省城。他用退伍的二百多元钱买回来一套手工配钥匙的工具，往后的日子里，每到集日他就去杨河镇上摆摊儿配钥匙，这生意是杨河集上的独一份儿，他的价格公道，服务态度又好，所以一年四季他都有钱挣。村人们说，还是人家栓柱出去当过兵，见过世面，有眼光，咱们谁能想到这挣钱的来路。

栓柱的媳妇叫月琴，是山东边李家沟的，上过高中不说，长得还特别的俊。她爹本打算在县城给她找个工人什么的，没想到月琴的二姨来提亲，说是他们村有个小伙子，当兵三年回来探家，说在部队上当了两年兵就当上了什么上士，腰里挂了两大串儿钥匙，说全连队的东西都归他管，你说当两年兵部队上就那么器重他，说不定将来能提个干部呢。月琴的爹娘被说动了心，定下集上先偷看看人长得什么样。集上一看，栓柱腰上的那两串儿有白有黄的钥匙果真把月琴爹娘的眼睛晃晕了，月琴见栓柱穿着绿军装、带着红领章帽徽的样子很精神的，也点头表示认可。

月琴的二姨两头一说，都乐意的没办法。见面那天，栓柱问月琴："你可想好了，我只是个穷当兵的，说不定明年就退伍了。"月琴说："你在部队干得那么好，说不定将来在部队上提了干，不愿意我了呢。"订了婚他俩去了一趟县城，栓柱领月琴看了场电影，电影名字叫《冰山上的

来客》，看电影时月琴用手掯了掯栓柱腰上的两串儿钥匙，她想她的幸福都寄托在这两串儿钥匙上了。栓柱就势把月琴掯钥匙的小手拿过去，包在自己的一双大手里，他悄声说："你长得这么漂亮，跟我一个穷大兵，你不觉得亏？"月琴娇声说："我愿意。"半年的时间他俩通了二十多封信。二姨写信说女方父母提出要结婚，说如他愿意，女方开着信来部队这边办。他们在部队的临时来队家属房里结了婚。

年底栓柱退了伍，月琴已有好几个月的身孕，月琴父母见栓柱退伍了，心里觉得不舒服，不知道该恨自己目光短浅还是该恨现在仍挂在栓柱腰上的那两串儿钥匙。

现在栓柱他们的儿子已经九岁，他从外地引进技术，在杨河镇上建起了一个钥匙坯厂，他是厂长，月琴在厂里管财务，厂里的固定资产已有四十万。这天晚上躺下后，月琴温存地说："柱子，你知道当初我父母为什么愿意把我许配给你？"

栓柱笑着说："看我们家好呗。"

月琴嗔怪到："当时你家有什么，那么穷，实话告诉你吧，当时是看上了你腰里的那两串儿钥匙，以为你在部队多受重用，那么多库房都交你管，将来肯定会有个好前途，没想到……"

栓柱说："实话说，我腰上的那些钥匙，大部分是从每年的退伍兵们那儿捡来的，我不知怎么从小就喜欢钥匙。敢情你是我用那两串儿钥匙骗来的，再说了知道你父母也喜欢钥匙，我才搞的钥匙坯厂，这叫不是一家人不进一家门。"月琴笑着扭脸捶了栓柱一下说："去你的吧。"

长吻的魔力

宋阳买早餐回来，轻手轻脚地进了卧室，宁静像个小猫似的倦在那儿睡得正香。他坐在床边仔细地端详着妻子，目光里满是柔情。宁静慢慢睁开眼睛，见宋阳盯着她看，不好意思地问：你干什么这样看着我？不认识啊。

宋阳刮了下她的鼻子，怎么，还害羞。我觉得我老婆越来越好看了。

宁静说，去你的吧，你是想讨我高兴，让我平常对你儿子好一点是不是？

宋阳说，是，也不是，我说的可是实话。来，我侍候你们娘俩个起床，待会咱们还得去医院。

吃完早饭，宋阳去洗碗，宁静开始打扮自己。宁静一边化妆嘴里一边哼着歌。等两人收拾利索，刚准备出门，突然宋阳的手机响了。

接完电话，宋阳满含歉意地对宁静说，太对不起你了老婆，刚才是支队刘政委了打来的电话，市政府边上的华威宾馆着火了，已去了五辆消防车……

我真是倒霉透了，每次去医院检查身体，人家都是成双成对，就我一个没有人陪。医生、护士看我的眼光都不一样，好像我肚里的孩子不明不白，不知从哪儿来的似的。

火情就是命令，虽然政委说，赵副队长带队去了，但作为支队长，我还是放心不下。老婆，你就再委屈一回，下次我一定陪你去。

他边说边走回了屋里。当从卧室出来时，他已换上了军装，手里还抱着老婆的外套。他走到妻子跟前，温和的说，来，亲爱的，穿上外衣，咱们一起出门。我知道你是刀子嘴豆腐心，你嘴上这样说，心里是能理解我的。

听了宋阳的话语，宁静脸上的怒气消下去了一大半，乖乖的配合丈夫穿上外套，依在丈夫的怀里不肯离开。宋阳用眼光偷偷瞄了一眼墙上的钟表，双手既小心又用力的把宁静抱住，宁静才开始还有些拒绝，慢慢就接受了这个长长的吻。当两人结束这个几乎使人窒息的长吻后，宁静娇嗔着说，讨厌，谁容许你亲我的。

宋阳笑着说，今天我这个吻可不是一般的吻，给你体内注入了神力，请你相信，今天你走到哪里，哪里都会有人帮助你、让着你的。

我才不信你的话哪。宁静说。

你回来再说，看看我说的话是不是灵验？

两人手拉手出了门，向路边走去打车，他们还没招手，一辆车从后边过来，轻轻地停在了他们面前。宁静还有些纳闷，司机师傅已经笑着走下了车，拉开另一边的车门，请宁静上了车。

宋阳嘱咐道，别着急，路上小心。

司机师傅说，您就放心吧。

看着载有妻子的出租车走远，宋阳又打了一辆出租车，向相反的方向走了。

宁静坐的那辆车开车的是个女司机，一上车她关切地问这问那，几个月了？一切都正常吧？没事多活动，要开心，注意营养，定期检查……一路上，说的宁静心里热乎乎的。下车时，司机不要车费，宁静坚持给，司机说没零钱找，只收了十元钱。下地铁台阶时，一个小姑娘原是向上走的，两人错过后，她回头看了一眼，接着转身又走了下来，对宁静说，阿姨，我来扶你吧。她一口一个不用，不用。但小姑娘还是固执地架住了她的胳膊。

上了地铁，没有空座，宁静刚站稳，一个小伙子站了起来，对她说，你坐这儿吧。她有些不好意思，说，您坐吧。这时离她近一点的一位中年人也站了起来，笑着对她说，您坐这儿吧，我马上到站了。她说了声谢谢坐了下来。她注意到了，实际上地铁运行了好几站，那位中年人也没有下车。她心想，真像宋阳说的，他的吻起了作用？今天净遇上好人了。

到了医院，挂号、检查、拿药，一排队，她后边的人就会主动对她前边的人说，让她排前边吧。她怎么说不用也没用，大家都让着她。回来时她在路上停了一下，一个老大爷走上来问她，闺女，你需要什么帮助吗？她忙说，大爷，不用，谢谢你。去医院这一趟，来回都出奇的顺利。

　　刚到家门，宋阳也打车回来了。他没有回单位，是直接从火场回来的。脸都没来得及抹一把。一见面，俩人同时说出了一句话，你没事吧。说完俩人眼里都盈满了泪水。

　　进了家门，宋阳关切地问，路上有没有人帮助你？

　　你怎么知道的路上有人会帮助我？宁静反问。

　　我那个吻的神力我还不知道？

　　瞎吹吧你。虽然这样说，宁静还是满足地笑了。

　　趁宁静不注意，宋阳偷偷从宁静外套上拿下了别在上面的那个纸条。

　　那个纸条上写着两句话：我是一名消防战士，因有火情去救火了，请您替我照顾她，谢谢。

战友啊战友

张杰当兵快三年了，再呆一个月他就要退伍了。

他背着工具包行走在这片大山皱褶的小路上，身后跟着他的无言战友威风。连队来过电话了，说再呆几天就会派一个一年兵龄的通讯兵来接他的班。

张杰拿起望远镜望了望前方的电线原和远野。

除了半个月一次连队的吉普车上山来给他送些给养，能和司机说几句话外，他无人说话和交流。

刚来那段时间，有时他一连几天不说一句话。后来他觉得这样下去不行，万一自己得了失语症，将来怎么找女朋友，怎么生活呀。

所以他就对大山说话，对大山唱歌。他把从小会唱的歌都唱了个遍，然后从头再唱。后来他从录音机里学了新歌，再唱给大山听。大山也是知恩图报似的，附和着他唱，像二重唱。再后来，他学会了和威风交流。

这样一边想着他已经翻过了一座山，他回头看看威风，对它说，威风，累了吧？咱休息会再走吧。

威风用自己的语言"嗯"了一声，在张杰的身边坐了下来。

张杰说，你看着工具啊，我去方便一下。

威风向一边一扬头，嘴里发出了干脆的一个短音，好像是说，你放心去吧。

张杰回来对它说，你也去方便方便吧。

威风听话地站了起来，去方便了。

威风回来后，像个孩子似的又坐在了张杰的身边。张杰抚摸着威风的脖子说，威风，再呆一个多月，我就要走了。我会想你的，你会想我吗？也许这一辈子咱们再也见不上面了，我真舍不得你啊。说着说着，张杰的眼泪无声地流了下来，他扭转脸，抬起胳膊擦了把眼泪。回头看威风，只见威风的眼泪已经流到了嘴边，嘴里发出一种奇怪的声音，张杰听明白了，这是威风发出的哭泣声。张杰把威风抱在怀里，久久，久久没有放下。张杰说，我骗你的，也许一年，也许半年，我会回来看你的，我怎么会舍得我的威风。说着他用手去给威风擦眼泪。

再上路后，威风的情绪一下子消沉了许多。她以前要么跑到前边去等张杰，有时张杰都看不到她的影子了，要么跑在后边，张杰一回头，也是找不到她了。刹那间，她又出现在了张杰的身边。刚才听了张杰的话，她不向前跑，也不落在后边，一直跟在张杰的身边，再不让自己离开他的视野，也不让他离开自己的视野。

张杰拿起望远镜去望前边的线路后，又习惯地去望原野，望远镜里出现了情况，他一边调整焦距一边集中起了精神。他负责维修线路的这几座山中，由于地理环境恶劣，很少有人上来。就是山下，方圆几十里也没有人烟。

张杰揉了揉眼睛，找了个高处，又端起了望远镜，这不可能，远方竟有三个军人在向他这边走。而且有一位头发都白了的老军人，还有一个女兵。张杰看了一遍又一遍，在确定不是错觉以后，心情有些紧张起来，他们来这荒无人烟的山上干什么？

他加快了向前的步伐，回头说，威风，提高警惕了，前面有情况。威风抖擞了一下精神，跟上了他的步伐。

双方越来越近，对方几个人发现他后，不但没有回避，而且使劲地向他招手。他越来越不敢相信自己的眼睛，他从望远镜里看到，那个老军人肩上有金星在闪。

双方终于走到了一起。

报告首长，我是龙拉尔警备区五大队三中队六班战士、明川值勤点巡线员张杰，现正在执行巡线任务。请指示。

那三个人还完礼，将军又上来和他握手，小张战友，你辛苦了。早就听说过明川这个值勤点，由于这儿是盲区，你的工作很重要，也很光荣。这儿生活工作环境艰苦，你一个人守在山上了不起啊。我代表部队

领导谢谢你啊。

另一位年轻军人说，张杰战友你知道吗，这是咱军区的孔陨军长，特意来看望你的。

孔军长说，听说你十月就要退伍了，有什么要求就提出来了，你们大队长、中队长解决不了的，我来给你解决。

在这之前，张杰三年来见到的部队最高首长就是副中队长。他既激动又惴惴不安地说，首长，我能和您照张相吗？

刘秘书，拿相机。

照相时，张杰又得寸进尺地提出了要求，他试探性地问，让威风也参加可以吗？

当然可以，她是你的战友，也是我们的战友。

张杰不但和孔军长照了相，孔军长还让在军文工团唱歌的女儿给张杰唱了一首歌。

战友战友，亲如兄弟……

歌声在山谷中回响着……

在一起

这天，在鲁西南一个叫王山头的村口，从一辆出租车上下来了一位穿着淡蓝色裙子的少妇和一位看上去有七十多岁的老太太。大夏天的，老太太头上戴着的那顶已经有些发白的男式军帽很是惹眼。

一个光着膀子的半大小子一边直眼看着少妇，一边纳闷地说：这热天的，还戴个破帽子，这人神经不正常吧？

一边的大人对他说：可别瞎说，她可不是一般的人，她男人王保田是村西王家门里的。解放前当八路走的，后来在部队上当了大官，听说是什么将军，住的地方有八个人站岗。后来她丈夫死了，死前他要求落叶归根。骨灰送回来时那阵势大了，连省里都来了人，县里的领导全来了，公安局来了老多人。从那之后，这老太太每年都回来一两次，在晚辈家里住上一阵子，隔三差五地就去一趟东山坡，在她丈夫的坟前一呆就是多半天。

另一位村里的妇女说：她老头死了得有二十年了吧，那时她看上去还很显年轻，六十多岁看上去也就五十多岁的样子，一直也没有改嫁，不容易啊。

在村人的记忆里，丈夫死前她没戴过帽子，一直是一头黑黑的长发。好像是她丈夫死后的第二年起，她就戴上了这顶帽子。是脑袋上得了什么毛病还是别的什么原因，大家不得而知。

第二天上午，在孙女的陪伴下，老太太来到了东山坡老头子的坟前。老太太把酒和一些食物摆好，自言自语地说：老头子，我来看你了。你一个人在这里很寂寞吧？你看看你孙女都这么大了。你头两天托梦给我说你想我了，我就赶紧来了。你就是不托梦叫我，这两天我也准备来看你了。这些都是你喜欢吃的，你起来吃吧。还有你最爱喝的酒，但酒要少喝，喝多了伤身体。

孙女菲菲坐在一边，心思早飞回了城里。她的老公有了外遇，才开始她陷在感情的漩涡里不能自拔，后来两人离了婚。她和老公可是通过八年的马拉松恋爱才走到一起的。在他们恋爱期间，经历了许多考验，特别是有一次，男朋友出了车祸，腿和胳膊都被撞断了，故意冷淡她，拿话刺激她，她委屈地大哭。俩人却始终没有分手。可为了一个女人，他变了心。离婚后，她又认识了一个男朋友，当她把自己的一切都给了对方后，没想到他却是个有家室的人。她的感情又一次受到了重挫。

奶奶喊她：菲菲，跪下给你爷爷磕三个头吧。

菲菲收回了思绪，按奶奶的吩咐，给爷爷磕了三个头。

奶奶摘下帽子，露出了一头白白的长发，自言自语地说：首长，你看我的头发，还是你喜欢的样子吧。

那还是全国解放前，在一次战斗中他受了重伤，被送到后方医院，经过手术和治疗一段时间后，他被分给她负责护理。有时她用简易的轮椅推他出去转转。有一次，他小声说，楚护士，有一句话，在我心里存了好久了，我说出来，你可别生气。她以为是自己工作上有什么不足的地方。就说：首长，有什么话您就说吧。我说了您真可别生气？她坚定地说，不生气。他说，我特别喜欢你长发飘飘的样子。她的脸一下子变得火辣辣的。

她想自己和他是不可能的，自己才二十出头，他快四十了。自己只是个小护士，他却是个大团长。

他伤愈回部队时，托医院的领导来提亲，当时她没答应。没想到一年后他又一次负伤，自己和他又互相落到了对方手里。他又一次对她说了那句话：我真的喜欢你长发飘飘的样子。她想，这也许就是命吧，俩人终于走到了一起。

孙女菲菲突然问：奶奶，你说这个世界上有真正的爱情吗？

她肯定地说：有啊。

老头子死后，她把自己的辫子剪了，火化前放在了他的身子底下。

后来她又为他留起了长发。

他走后不久，她得了好头痛的毛病。什么医院都看了，什么药都吃了，就是不管用。突然有一天，她发现了放在卧室里的他的一顶军帽，她戴在头上，头好像一下子不痛了。从此，她一年四季都戴着那顶帽子。

她心里明白，那是他在保佑她。

他们永远在一起。

漂流瓶

海子今年48岁，是个光棍汉。一看名字就应该能猜到，他和海有关系，他就居住在山东渤海湾边的一个渔村里。

原先摇着小渔船打鱼，村里的渔民们总是结伴而行，碰上天气恶劣，村里有人出海打鱼的男女老少总是聚在海边来，盼着亲人能平安归来，但时常有船翻人亡的事情发生。在大海面前，人显得那么渺小，生命显得那么脆弱。

村里40岁以上的人几乎都知道，海子生活里出现过一个女人。

那是上个世纪70年代中期的一个夏天的晚上，他和村里的几个小青年到离村子比较远的平湾里洗澡。他们已经来洗过好几天了。大海在这片海边多拐了个弯，所以这里大部分时候总是显得风平浪静一些。海子他们几个心里都明白，来这里洗澡是大家心照不宣的借口，主要是想多听听城里来的那几个女知青好听的声音，还有就是在朦胧的夜色中偷看一下她们好看的身体曲线。在海子他们的心里觉得，城里女孩就是和渔村里的姑娘不一样，渔村里的姑娘长的上下一般粗，人家城里姑娘长的该细的地方细，该鼓的地方鼓。

海子和几个伙伴头一天只是在离女知青们远的地方活动，从第二天开始，他们就时不时地游到女知青们的"领地里"转一圈。几个女知青见有男孩子在旁边游泳，胆子也大了些。这天，海子和伙伴们正在水里嬉闹着，这时海上涌来的浪越来越大了，他们尖叫着迎浪而上。这时，从女知青们的方向传来了喊叫声，她们喊道：小玉，别向里游了，太危险了。小玉，你快上来。女知青们的喊声此起彼伏。海子和几个伙伴的目光被女知青的喊声牵了过去，在夜色中他们看到，女知青们前方那个黑点若隐若现。海子喊了声："走，快去救人。"就自顾向前方游去，他没有听到伙伴们说的："太危险了，咱们不能去"。这时几个女知青的喊声都有些嘶哑了，并带着哭腔。海子费了好大力气才冲进了一步步向海里移去的大浪里，他艰难地接近了那个黑点，但就是抓不住。他一边和浪头搏斗，一边去靠近那个黑点，他的右手传回大脑的信息告诉他，他抓到了被知青们喊着小玉的那个人的头发。这个时候他回头望了身后一眼，见没有同伴的影子。这时，浪头好像要和他争一争这个女孩子似的，使劲地往下拽。有一次，女孩子的头几乎被他提出了水面，他用左手去抓女孩子的胳膊，给他的感觉，女孩子的皮肤很滑很滑，那一刻他觉得自己不知道该怎么办了？一闪念后，他咬了咬牙，心里想，救人要紧。他又一次把女孩子的头提出了水面，左手在水下揽住了女孩子的胸，他用腾出来的右手和两只脚和浪头抗争，他抱着女孩，时而被浪头抛上浪尖，时而跌入浪波中。在海子有些绝望了的时候，他心中想，自己活这么大还没有沾过女人的边，虽然看不清这个女知青的脸庞，不知道她长得俊不俊，从这滑滑的皮肤去判断，她一定长得很美。能和一个城里女孩子死在一块，活这一辈子也算值了。

不知不觉中，海浪突然向大海中移去，把他们俩扔下了。海子又看到了生的希望，他抱着女知青一步步地向岸边挪动……女知青阮小玉说，我的这条命是海子你给的，我要用一生来报答你。她休息时主动去海子家，帮海子母亲干点家务，要求给海子洗洗衣服，海子母亲乐得整天合不拢嘴。有时在海子的屋里呆到半夜，再让海子送她回知青点。

海子满心喜欢这个城里来的漂亮女知青，但总觉得这不现实，自己和阮小玉的差距太大。所以才开始阮小玉那么主动，他也总是理智地对待。但时间长了，两颗年轻的心终于碰撞出了火花，两人在海子的小屋里偷食了禁果。当阮小玉怀孕后，两人要结婚时，阮小玉的家人死活不同意，组织上出面给阮小玉的家长做工作，说阮小玉扎根农村搞生产的实际行动，值得所有下乡知青们学习。

他们的女儿刚一岁时，知青中兴起了回城风。知青点的男女知青陆陆续续都走了，阮小玉也没有走。又呆了一年，阮小玉说带孩子回城去看看，走了后再没有回来……后来去了国外……后来别人给介绍过媳妇，海子都没有同意。

现在生活好了，侄子买了机帆船。海子跟船去远海打鱼，有时十天半个月不回来，打的鱼都在海上买给收鱼的大船了。

这天，海子从拉起的渔网中发现了一个独特的小瓶子，他随手装了起来。晚上，他点上一支烟，突然想起了那个小瓶，他拿出来，端详了好一阵，放在了枕头底下。

这天夜里，海子做了一个梦，他梦到自己的女儿了，女儿长大了，和自己刚认识时的阮小玉长得一模一样。醒来后知道是个梦，在海边长长地叹了一口气。他从枕头下拿出那个小瓶，费了很大劲才打开，从里边拿出一个小东西，海子打开一层塑料袋，里边是一层布，打开布，里边又是一层袋。海子怀着好奇的心情，打开了一层又一层，最后，从里边发现了一封信。打开一看，是一纸洋文，海子一个字也看不懂，他拿给会英语的侄子去看。

侄子看了一会，说，信上是这样写的：尊敬的有缘人：我叫念海，母亲从中国来到美国，后来嫁给了一个百万富翁。但我不知道自己的亲生父亲在哪儿，听母亲说，他是中国的一个纯朴的渔民。我十岁时来到美国，接受的大部分是西方教育。我今年 19 岁，谈过几次恋爱，我觉得世界上的男人都靠不住，也不相信世界上有真爱。如果有缘，请捡到此瓶者，与美国新泽洲鲁念海联系，电话：XXXXXXXXX，手机：XXXXXXX，电子邮箱：XXXXXX。如果你是女人，我愿和你结为最好的姐妹；如果你是男人，只要你还是一个人，只要你愿意，不管你长得什么样子，是哪国人，有钱没钱，我都把自己嫁给你。

美国新泽洲鲁念海
1999 - 9 - 9

海子心里想，天哪，这鲁念海是我的女儿！

父母心

　　秀和国来城里快一年了，每天早晨四点钟国就起来去批发市场进菜，一大早就能卖掉三分之一，北京人起得早，特别是离退休的老人，都爱早晨来买菜。到了中午，两个眼皮老打架，困的实在顶不住劲了，这时秀就会及时地出现在摊位前，她怀里抱着孩子，等国接待完摊前的顾客，上来抓起儿子的小手，逗逗儿子后，她就走到摊位后去。国把零钱掏给秀，就回去吃饭了。

　　他们住在离菜市场不远处的一个小胡同里。租了一间小平房，小平房原是房东放煤用的，他们来找房时，看他们可怜，拾掇了一下租给了他们，每月只收100元钱的房租。国回到家掀开锅，上面是三个馒头，下面是土豆、豆角炒在一块的菜。这卖菜的吃菜自己不当家，什么菜不好卖就吃什么，特别是夏天赶上阴雨天的时候更是这样。吃完饭国就躺在床上补一会觉。

　　躺在床上后，国倒又睡不着了。他望着房顶想起了心事，他们的老家在山东鲁西南的一个小山沟里，大部分时候还是靠天吃饭。风调雨顺的时候，只要肯吃苦，温饱还是没问题的。可去年一年大旱，麦秋两季都没打下多少粮食，今年春上就有些不够吃了。船漏偏偶连阴雨，这时一岁多的儿子又病了，像得了软骨病，不爱吃不爱喝，天天有气无力的样子。他们带孩子去县上医院看过两回，医生说，你们孩子这病，咱们这儿看不了，你们得去大医院看。听说邻村的周瑞从北京回来了，说他在北京卖菜一年能挣一万多块钱。正好和他家有点老亲戚，国买了块肉去周瑞家串了一次门，周瑞真是不错，他们村有好几个年轻人要跟他去城里干点事，他都没有答应，看国说的真是可怜，才点头带他们来了北京。

国心里算了一下，半年多攒了七、八千块了，等再干一年，就能送儿子去住院了。

刚来城里后，他们抱儿子去了趟儿童医院，检查结果险些把他们击倒，孩子得的是白血病。住院需交二万块钱的住院费。日子总得往下过，他们用从家借来的一点钱加上周瑞借给的几百元钱买了一辆三轮车，办了手续，在菜市场干起了现在这个菜摊。孩子的病，只能先吃着药，等攒够了钱再去住院。

这天晚上，周瑞来了。吸了两支烟后，周瑞看了一眼躺在秀怀里的病快快的孩子，吞吞吐吐地说："我不知道告诉你们合适不合适，我有个朋友，他亲戚在一家精神病医院工作，说是研究出了一种新药，找人试吃，看有什么反映，十天一个疗程，一个疗程给三百元钱。"

晚上等孩子睡着了，国和秀都睡不着。秀推了一下国说："家里得指望你挣钱，我去试吃那种药。"国说："不行，万一你倒下了，孩子怎么办？我身体棒，还是我去试吃。"争来争去，妻子没有争过丈夫，还是丈夫抽空去拿回了三个疗程的药，人家说，十天要来做一次定期检查。

吃了三个疗程，国觉得一点异常反映也没有，他心里踏实了许多。他要求再拿三个疗程的药时，人家不给了。人家说，虽然你吃了三个疗程的药没事，但这药有副作用。我们有严格规定，一个试验者最多只能吃三个疗程。国说，我给你们写下保证书，出了事我自己负责。任凭他磨破了嘴皮子，人家就是不答应。

过了一段时间，一天秀笑着从兜里掏出一把钱递给国，国怔了。他盯着妻子的脸，想从那上面读出点什么。秀脸红了红，笑着说："放心，这钱干净，你还不相信你妻子？"国还是一脸的不解，着急地问："这钱到底哪儿来的？你捡的？"秀又笑了笑说："哪有那么好的事，再说，真捡到钱咱也不能要人家的。我偷去找了周瑞，我也去要了三个疗程的药。"国数了数，不对，钱还多。他又把目光移向了妻子的脸。秀低下头说："我还去卖了两次血。"

国眼里含着泪，一下子把妻子拥在了怀里，他说："今后再也不允许你自作主张了，我是男人，天塌下来有我顶着。"

秀哽咽着说："我是看你太难了，再说这个家也有我的一份。"

国和秀在心里算了算积攒下的钱，离能送儿子去住院治病的日子不远了。

过年吃肉

　　过去农村穷，一个整劳力一天只挣十工分，十工分只值一毛多钱。那时我才十二岁，就我儿子现在这个年龄。夏天还好过点，放学后、星期天去割草，热的不行了，还能下河里洗澡；冬天就难过多了，冰天雪地的，走到路上风吹到脸上像刀割一般，上学、放学的路上我们都是跑着。不但路上冷，家里也冷，教室里同样也冷，好像整个世界都被冷空气罩上了，根本没有暖和地方躲藏似的。我们这些小学生被冻的双脚像猫咬了，一双小手像两个红柿子。

　　不知从哪天起，村里偶尔响起一二声鞭炮声，这鞭炮声告诉人们，快过年了。孩子们听到这鞭炮声，都变得有些兴奋，他们心里明白，过年能吃上肉，或许还能穿上一件新衣服。

　　我记得很清楚，那是春节前两天，中午我和妹妹一起放学回到家，一进院子，一股炖肉的香味直冲鼻子，我和妹妹被香味牵着直接来到了灶边，我和妹妹笑着问娘，锅里是炖的肉吧？娘一愣，答非所问，你们今天怎么放学这么早？娘，晚上是不是吃肉？我也是答非所问。

　　小妹搂着娘的脖子，小声说，娘，我想吃肉。

　　娘看了看我，又摸了一把妹妹的脸，叹了口气，继而笑着说，两个小馋猫。东东，放下书包，和妹妹去外边玩一会，待会回来给你们吃肉。

　　从锅上冒出的热气里散发出来的肉香，拴住了我的脚步。

　　我恳求娘，先给我们尝一点吧。

　　小妹更是抱着娘的脖子不放，我不跟哥哥去玩，我在这儿等着吃肉。

　　不听话是不？那谁也别想吃肉的事了。你爹在屋里呐。

　　没办法，我和妹妹恋恋不舍地离开了灶房。

在街上玩，我们也是身在街上心在家，妹妹一会问我一句，哥，咱能回家了吧？我总是咬着牙对她说，再玩一小会。

实在坚持不住了，回到家时，发现外门关上了，我试了试，并没有从里面叉上。我轻轻把门打开了一点，回头示意小妹别闹出动静，我们俩一前一后轻步进了家。

走进院子我们看到，一家人住的上屋也关了门。我又回头示意妹妹小声点，一步步向上屋迈近。从门缝里向里一看，我一下子惊呆了。只见娘坐在一边，爹爹一个人在大口吃肉。我有点不敢相信自己的眼睛，看了看天，又向里看，真真切切，是爹一个人在吃肉。我心里的委屈一下子涌上心头，我想哭。那一刻我心里想，我和妹妹是不是不是他们亲生的？天下竟有这样的父母，把孩子支出去，大人自己关在家里吃肉。等我长大了，出去挣了钱，天天自己买肉吃。妹妹在后边着急，一个劲地扯我衣服，我把她让到前边来，她向门缝里一看，脸上的表情立马变得比我的还难看，她甚至迅速抬起胳膊用袖子擦起了眼睛。她裂开嘴，哭出了声。听到动静，娘走过来打开了门。我和妹妹看到，他们已把刚才放在爹面前的肉碗放在了一边，爹的嘴虽然停止了嚼，但他的嘴里明显还有肉没有下咽。看到我和妹妹，娘和爹都显得有点不好意思。

娘和爹没有太劝我们，也没有马上去盛肉安慰我们。记得那天的晚饭到了很晚才吃。

后来我才知道，是我和妹妹冤枉了爹娘。那天爹爹从公社大院外边的地里路过，看到一只狗在地里向外扒什么，他走过去，狗不情愿地离开了一点距离。他弯腰从地里拉出了一块肉，足有五斤重，可上面长满了绿色的斑点。爹爹推想，这可能是人家给公社干部送的礼，公社干部没敢吃。就埋这外边地里了。春节前的肉就是这样，爱长绿色斑点。再说，人家给公社干部能送坏肉？所以就拿回了家。但爹和娘又真怕万一这肉有毒，所以娘把我们支出去，爹先试吃，看没有事才敢让我和妹妹吃。

现在生活好了，只要想吃，天天都能吃上肉。但我和妹妹每每想起小时候的这件事，总是要难受上一阵子。

可怜天下父母心哪。

藏在相框里的秘密

小女儿安红打电话说，要带丈夫和孩子回来家看看。安红大学毕业后分到了城里，自己找了对象，结婚时他们都去城里参加了女儿的婚礼，但女婿还从没来过家。女儿一句话不要紧，可忙坏了在农村生活的老爹老娘。

老俩口拾掇了院子又拾掇屋里。忙活了两天，爹和娘传染似的相跟着伸了个懒腰，从屋里走到院里，又从院里回到屋里，望着自己的劳动成果——整洁了许多的家，两人相视一笑，核桃皮般的脸上露出了舒心的笑容。

"他爹，明天叫化生过来，把那个相框摘下来擦擦。"娘终于又发现了不足。

"他天天忙得四脚朝天，麻烦他干啥？我来就行。"化生是他们的儿子，在村里开着粉房。

"你老胳膊老腿的了，我怕摔着你。"

"这点活算什么，我现在就上去摘。"望着桌子上方落满了灰尘的相框，爹提了提裤子，运了运气，很容易地蹬上了椅子，他伸手去够相框，差一点够不着。他又蹬上了桌子。娘说："你慢点，别摔着你。"爹没有理会娘的嘱咐，站起来就去够相框，也许是年岁长了，拴相框的细绳不壮了，爹的手刚碰到相框，相框就掉了下来，爹还没太反应过来，在娘的一声惊呼中，相框已经啪的一声摔在了桌子上，一股尘烟中，碎玻璃、照片四散开来。

"说不让你弄，你还逞能。"

"我刚碰到，它就……"爹惊魂未定地说。

"快下来吧，可别摔着你。"

两个人开始清理桌子上的东西。

安红的丈夫就是她大学时的老师。第一任妻子到马克思那儿报道去了，安红凭着她的漂亮和纯洁，征服了他的心。

安红一家回来的第二天，安红的丈夫从桌子后的茶几上发现了一样东西，那是一张有些陈旧的纸。他打开一看，呆在了那儿。他忙拿起来，翻来倒去看了几遍，突然喊："安红，可不得了啦，你快来看。"正在院子里和娘说话的安红，听到丈夫的喊声，以为出了什么事，忙跑进了屋。"怎么了，怎么了？"

"你看，你看，这是什么？"

安红接过丈夫手里的纸，一看是邮票："我以为出了什么事，你大惊小怪的。"安红知道丈夫是个邮票迷，看他的样子，问："这个有价值吗？"

"你家哪来的这邮票？"

"反正不是偷来的。又转脸向门外喊，爹，您来，您女婿有事问您。"

爹也以为出了什么事，正站在院子里和老伴嘀咕着。听到安红喊他，忙进了屋。看到女婿手里拿着相框后的那张纸。

"爹，这是哪儿来的？"女婿说。

爹叹了口气，想了想说："要说这张纸，说来可话长啦，有三十多年了吧。那时家里穷，安红她娘生她哥时落下了月子病，老害腿痛。这一次痛得没办法，我带着东借西凑的四十多块钱到城里给她抓药。因为咱不识字，我下了车，一边问着一边去找药店，走在一个店铺前，看许多人在排队，我也莫名其妙地站在了后边，我以为是卖什么好东西的。不一会，我后边又排上了老长的队。也许咱穿的太差，别人看咱的眼光都不正常。轮到我站到了窗口，我问：'同志，这儿卖什么？'里边的人笑了，后边的人也都笑了起来。我后边的一个妇女说：'老帽，不知道卖什么的来排什么队？'后边的另一个小伙子说：'是卖邮票的，你买得起吗？'在一片哄笑声中，我觉得很难受。我那时候也有点年轻气盛，奶奶的，看不起我们农民，别说是邮票，炸弹老子也买。我问：'什么个卖法？'里边的人说：'一张八分，你买多少钱的？'我没有犹豫一点，掏出兜内所有的钱递了进去：'就要这些钱的。'在所有人的目瞪口呆中，我拿上邮票昂首离去了。"

安红的丈夫说：老爷子，有骨气。安红的眼里潮湿了。

"可回来的路上我又后悔了。给妻子买药的钱都让我买了这不能当吃也不能当喝的玩意，回家怎么向妻子交代？回到家，我编了个瞎话，给安红娘说，钱在路上丢了。看我唉声叹气的样子，她反过来安慰我：'钱没了，我的病也好多了，不吃药病好了不更好。'有一天我趁安红娘没在家，把它偷藏在了相框后的夹层里。至今也没告诉过你娘这事。怎么，这东西还有用？你们要喜欢，就拿走。"

安红："他是个邮票迷，让他给你说说。"

"我也说不特别准确，但这东西肯定值钱。这样的大连张猴票，我还是头一次见。那个年代的四方连还卖八千多。您要相信我，我拿回去让行家给看看。"

"喜欢，就送给你了。放在家里也没有用。"

回到城里没几天，安红给老爹、老娘打回电话来，电话里她激动地说："爹，娘，不得了啦，爹的那些邮票，您女婿找人评估了一下，至少值一百五十万……"

 # 成名前后

想起当年，自己学画画初期，生活在小县城里，在文化馆工作本来工资就不高，挣的那点工资除维持基本生活外，全买纸砚笔墨了。那时爹娘还生活在离县城近一百里地的山沟里，像祖祖辈辈一样，一年四季从土里刨食。偶尔回家一趟，总想给爹娘买点好吃的好穿的，可自己是罗锅上山——前紧（钱紧）。

晚饭后，娘说："老三，李家庄的你二表姨夫给你介绍了个对象，女的二十三了，原来和他们村主任家的儿子订了婚，人家村主任的儿子在部队上提了干，不要她了。说等你回来见个面。"

爹扔掉烟头，上下看了我一眼，叹了口气说："三啊，家里又不需要你的钱，你也好好拾掇拾掇自己。"

"是啊，你还在县城上班，人家前边刘项到处跑着干建筑队，穿的也比你好。"娘接着说。

"你也老大不小了，婚事也该定下来了。你在外边又找不到合适的。找个差不多能过日子的就行了。"爹说。

娘也长长地叹了口气，说："人家后边刘长根，和你一般大的，孩子都五岁多了。村东的来生比你小四岁都结婚了。"

我也长叹了口气，努力装出一副轻松的样子："爹、娘，请你们放心，我保证五年以内给你们把媳妇领回家来，耽误不了你们抱孙子。"

为了到省城去听课和拜师学艺，星期五晚上坐上火车，有时能找到个座位，自己像捡了多大个便宜似的，心里美滋滋的；有时找不到座位，就拿出预备的一张报纸，铺在过道里，半睡半醒地熬一整夜。有一次，可能快到年跟的缘故，车上的人特别多。才开始还能坚持着，后半夜时

实在困得不行了，就费劲地坐在过道里睡着了。刚进入梦乡，梦里自己的一幅画在全国获了个大奖，报社、电台的记者排着队来采访，自己被调到省画院，身边的美女如云，自己挑了个有家庭背景的戏剧演员，那人儿漂亮的像天仙一般。梦里自己正和那美人儿亲热，这时一阵疼痛感传遍全身，自己不情愿地睁开眼，看到一个男人刚从头上迈过去，嘴里还骂骂咧咧的。这时一阵更强烈的疼痛感向自己袭来，我想站起来和踹我的那个人理论理论，可我站不起来了。我在心里咒他，你小子不会得好死，说不定下火车时就摔你个嘴啃泥，摔你个满嘴流血。

下了火车，我一瘸一拐地走在那既熟悉又陌生的城市街道上……

为了把省吃俭用积攒的那点钱用在刀刃上，我有时饿昏在路旁……
……

此刻，坐在省城自己复式住宅的阳台上，望着华丽的城市夜景，吸着大中华，喝着龙井，想起往事，觉得鼻子有点发酸。

现在我的一幅画，一般市场价是 30 万人民币左右。最高的一幅在香港某商人手里，他花了一百万从国内某拍卖行拍走的。我的画在东南亚很有市场，我现在也算个名画家了吧。

你问我成功诀窍，天机不可泄露。反正我兑现了诺言，五年内娶回了媳妇，并超额完成任务，让爹娘提前抱上了孙子。夫人是个戏剧演员，长的要多漂亮有多漂亮，而且她父亲是某司的司长。我现在是省画院的专业画家。

真想知道我是如何成功的？我告诉你，可千万得为我保密。头三年吧，一个表哥从台湾回来投资办企业，问我有什么想法，想让我跟他去管理企业。我说，我一生的梦想，就是能当个画家。他想了想说，兄弟，这还不好办，哥哥成全你。他拿了我的几幅画去"通融"了本省的一个拍卖公司，以无底价拍卖我的画，然后让他的几个台湾和香港朋友竞相报价，最后谁买下来都是表哥出钱。大不了交些手续费。后来表哥又如法炮制，"通融"了其他几个拍卖公司。再加上报纸、电视媒体的推波助澜，我就这样轻而易举地火了。

没办法，现在索画和买画的人太多，我叫几个学生临摹我的画不要注名……说多了，说多了……

自　信

前不久看电视时，从家乡的有线台看到一档访谈节目，才开始只是觉得里边的嘉宾好像在哪儿见过，越看越感觉这个人太面熟了。他的一幅书法作品在全国获得了一等奖，搜遍所有记忆，我所认识的人中也没想起谁是书法家。这时，荧屏下方出现了一行字：商红光，著名书法家。中国书法家协会会员，山东省书法家协会理事，山东省平阴县人，作品曾多次获得全国书法比赛、山东省书法比赛一等奖、二等奖……我想起来了，商红光是我在县城一中上学时的同学，那时他的硬笔书法就在县里的比赛中获过奖。当年他没考上大学，后来又复习了两年，还是没考上。听说最后接他父亲的班到了邮电局工作。才开始回家多，同学们的情况还道听途说一些，在北京成家立业后回家的时候就少了，真的是他成了书法家？

没多久，我去济南，住下后给在济南工作的同学吕小毛打电话。问他商红光是在济南还是平阴？吕小毛说，在平阴，听说省书法家协会调他两次了，他都不来。他现在在咱县文化馆从事专业书法创作，你要见到他，也替我要幅字，听说他的字越来越值钱了。我坐上车就回了县城。坐在车上我还想，人家现在是名人了，还会认我这个老同学吗？

在文化馆相见时，他先是一惊，而后兴奋地和我来了个拥抱。嘴里喊着我的名字，方江，老同学，什么风把你吹来了？

商红光，你现在是大名人了，还记得我这老同学？

可别这样说，我是在你和别的几个考上大学的同学的影响下，才有今天这点成绩的。

晚上我们在一家小饭馆里喝酒叙旧。

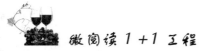

真的。你们几个考上大学走后，咱们一中一直把你们几个的大照片，摆在学校的大橱窗里。复习期间我的压力更大，每当看到橱窗里你们微笑的面容，我的心更乱了。考试一次比一次差。对考学彻底绝望后，我不敢抬头看人，好像每个看我的人的眼光都是异样的。我对活下去都心灰意冷了。好几次站在城西的黄河边上，我都想跳下去……

看他眼角有泪光在闪，我忙说，对不起红光，没想到，我上学走后，你是那样的状况，我太自私，只顾自己了，走后就没有和给联系过。来，咱们喝酒。

你知道我几次站在黄河边，为什么没跳下去吗？

不知道。

因为一个女孩。在我对自己几乎都丧失信心的时候，她写信索要我写的硬笔书法。她说，我是县城幼儿园的老师，想教孩子写字，可自己的字又写得太臭。听你的同学说，你的字写得好。想让你写点硬毛书法给我，好让孩子们临摹。才开始我并没有理会她的信，后来她在信里说，你这人真自私，还男子汉哪，连这点小忙都不肯帮。小心眼。我心想，你管我是不是男子汉，老子连活都不想活了，还有闲心管你？可她一封一封的写信，而且一封比一封说得难听。在她的猛烈刺激下，我感觉到，虽然她说的话比较难听，但细想想，句句在理，都是为我好。我开始给她寄我写的硬笔书法，后来我写信说，大家都在一个巴掌大的县城里，你报个姓名，我给你送去。她信上说，见面不方便，咱们这样互相写信不是挺好吗？

后来呢？

通了一年信后，我们才见了面。后来她就成了我老婆。

在工作之余，她鼓励我钻研书法艺术，星期天、节假日我经常到济南拜师学艺，往往早晨不吃饭，中午在外边吃一碗面，晚上赶回家，她已给准备好了还算丰盛的晚餐。她不讲究吃不讲究穿，钱都花在了我买书和学习上，虽然那些年过的清贫些，每当想起那段日子，心里就感觉好温馨。

在我住下的招待所分手时，商红光说，明天中午到我家吃饭，尝尝我爱人的手艺，绝对不比在外边吃的差。

我说，那太麻烦了。

哪有什么麻烦的？一言为定。

第二天，到了商红光家，天哪，你猜他的爱人是谁？是当时我最有好感、暗恋许久的我们班的文艺委员赵秋秋。

实际上，我的公司刚赔了个底朝天，老婆也跟一个老外私奔了。我是准备找个有海的地方把自己解决了。但从商红光家出来后，我改变主意了，我要回去重振旗鼓，从头再来。

神 石

北宋末年，在离水泊梁山不远的老城阴平，黄河一条支流两岸的人们商量着建一座桥，因为河东有河西人家的地，河西有河东人家的地。天旱时还好说，人们走河道去对面种收庄稼。这几年夏天老发大水，给两边人去对面种地和相互往来带来了诸多不便。

春天时，两边的头人开始领着各自的能工巧匠和一些壮劳力来到了河边。壮劳力几个人一辆木轮车从山下向河边运荒石，石匠们把一块块石头凿正凿平。为了加快施工进度，从一开始两岸干活的人中午饭都在工地上吃。不知从哪一天起，一个带着花布头巾，面色红润的少妇挑着豆腐担子来工地上伙房卖豆腐，有时先出现在河东，有时先出现在河西。

干上半晌歇息时，上岁数的工匠们大部分都掏出烟袋吸旱烟，年轻人两人一对结合在一起下石子棋。

看大家累了，卖豆腐的小媳妇在河东给大家讲了这样一个故事："说起会过日子，从这一点说，咱河东人怎么也比不了人家河西人，河西的陈大吹，一家老老少少出门时，总是先屙完屎撒完尿。有时小孩说，没屎没尿。陈大吹说，没有也得去努一努。"河东人一起大笑起来。因为离得远，河西人看到河东人前仰后合的样子，不知他们在笑什么。

又一日，卖豆腐的小媳妇在河西讲了这样一件事："我给你们讲讲河东人会过日子的故事吧。河东的胡小侃家，年后家里来了客，上的最好的一道菜是炒粉皮。一端上来，看到那滑溜溜、亮晶晶的粉皮，馋的人流口拉拉水。可你去拿筷子夹时，却怎么也夹不起来。客人用眼光求主人帮一下忙时，主人的目光早已移向了别处。你问为什么夹不上来？人家那粉皮是整张的。最后两张粉皮还是自己一家人吃了。"河西人也后合前仰的大笑了一回。

卖豆腐的那小媳妇一走，河东河西的人都会荤的素的开上一阵玩笑，玩笑过后，大家都好像多了些干劲。

初夏来临时，大桥眼看马上就要合拢了。听到对方工地上传来的说话声，好像对方的人就在身前眼后。最后一孔桥洞最大最宽，双方的人齐心协力，都想早一点完工后回家。虽然在这儿一干就是好几个月，大家都显得有些疲劳，但马上就要大功告成，老老少少都感到有些兴奋。桥洞上方只差一块很小的石头时，双方的能工巧匠轮番上阵，可安上去的石头怎么都不合适。

正在人们束手无策时，那位卖豆腐的小媳妇来了，她放下豆腐担子，从担子一头的筐里拿起一块石头，脸红了红说：你们试试用它合适不？那一刻，场面一下子静了下来，大家的眼光都落在了接过石头的中年人手上。那块石头放上去，不大不小，不偏不斜正合适。大家都有点不相信自己的眼睛，不知谁带的头，认识的不认识的大家相拥在一起欢呼起来。等大家回过味来，用眼睛找寻那位卖豆腐的小媳妇时，那人早没了踪影。

河两岸的人说起那个小媳妇，都说不认识。河东的人说，以为那人是你们河西的人。河西的人说，我们也不认识，我们还以为是你们河东的人哪。从此后，河东河西的人偶尔有人提起那个卖豆腐的小媳妇，可谁也没有再见过她。

后来黄河发水，水大了，那块石头就消失了。水小下来后，那块石头又回到了原位。人们都说那是块神石。

历经几百年的风风雨雨，那座桥依然矗立在老阴平城里，给河东河西的人们提供着方便。

幸福的感觉

　　这天，狂风大作，旅行家陆川背着行囊走近了藏北的一片无人区。他喜欢冒险，喜欢刺激，喜欢征服大自然后的那种感觉。十几年来，他走遍了大半个中国，他到过中国最北端的黑龙江黑河，到过山东的天尽头，到过福建的鼓浪屿，到过被称为天之涯的海南岛……这次，他除做好了物质上的准备外，还做好了思想上的准备，他写下了遗书，委托连载他游记的某报社，如果他这次回不来了，请把这本游记的出版稿酬转交他的老父老母。对女儿说，爸爸对不起你，把你带到这个世界上来后，却没有好好待你。让你过早失去了母爱（由于他在家待的时间太少，爱人跟一个台湾商人跑了），现在又失去了父爱。在父亲心里，你是我永远的牵挂，假若真去了"那边"，我也会为你的幸福祈祷的……

　　听当地的藏北老乡讲和史料证实，这片近一百平方公里的无人区，地势险要，地貌复杂，历史上记载，只有三十年代一对英国的探险家琼－比特兄弟穿越这片无人区时，弟弟一个人活着走出来了。上个世纪80年代他出版的自传中，对那次穿越有详细描述。后来又有好几拨人尝试穿越这片无人区，有的从南边进去东边逃出来了，有的进去就永远没有再出来。

　　由于长期风里雨里的在野外跑，他的头发很长，皮肤很黑，胡子也留了下来。这天他来到无人区附近的一座小毡房前，一位脸被紫外线晒的露出一条条红线的藏族老妈妈迎了出来。陆川用学了不久的半生不熟的藏语向藏族老妈妈问好，老妈妈热情地把他让进了毡房内。

　　走进毡房时的那一刻，望着房内简单的接近寒酸的摆设，又仔细望了一眼藏族老妈妈身上的辨不清是什么颜色的藏袍，他心里想，要是在这几乎荒无人烟的地方这样艰难地活一辈子，该是多么的寂寞和不幸啊。

他一边喝着老妈妈敬上的奶茶一边向她讲述自己的人生。

他说，我一生几乎都在行走，阅尽了名山大川，尝遍了人间美味，更是经历了艰险……在广州，一个城市里长大的漂亮女大学生听了我的一堂课后，死活要跟我一起走……在云南的丛林里，我被毒蛇咬后，差一点死了……他讲的口若悬河声情并茂句句真诚，藏族老妈妈听的云里雾里一知半解心被感动。

望着眼里涌满泪水的藏族老妈妈，陆川心怀不安，他说，这次穿越这片无人区假若我能活着出来，我答应带您去逛逛北京……

没等他说完，藏族老妈妈走上来，把他拥在怀里，哆嗦着身子，拍着他的肩头用藏语说，可怜的孩子，一辈子在外漂泊，没有个自己的家。如果你愿意，就把这里当家吧……

救 人

　　这是春天的一个普通下午，六点多，正是下班的高峰。交警勇骑着摩托车像往常一样来到正义路十字路口。现在城市发展的真快，年年修路，但路上的车却更是越来越多。这个路口还没有设交通岗厅，所以上下班高峰时经常堵车。交通大队针对这一实际情况，每天上下班高峰时在此上一个流动岗。这时，勇正在全神贯注地指挥交通，突然大脑皮层传回大脑一个信息，他的大盖帽上落了东西，同一时刻，眼睛的余光告诉他，落在帽子上的东西呈喷射状散开。他心里想，这可能是一只鸟有意无意地给他开了一个玩笑。这一切只是在他的脑子里一闪，他甚至连下意识地抬头看一眼都没有来得及，就把心思收了回来，身边的路况容不得他走一点神。

　　路边有一棵大杨树，树梢像一把巨伞罩住了一大片天空。要是夏天，从早到晚，树上总是有很大的一片荫凉在慢慢移动，直到太阳在西边落下。

　　勇的判断没错，刚才是一只红嘴鸟从树梢上飞下来，在离他的头顶七八米高的地方盘旋了几圈后，定了下位，在他的头顶上停顿了几秒钟，拉了那泡屎后，又飞回了树上。在飞回到树上的过程中，那只红嘴鸟眼睛还一直盯着地面上警察勇的反映。地上的人们都在忙着赶路，没人无故抬头看天，所以也就没有人看到刚才的那一幕。

　　红嘴鸟从树梢上平行着飞到离树不远的那栋楼顶上，转了一会，飞回了树梢。呆了一会，又呆了一会，突然嘶鸣着箭一样向着地面冲了下来。许多开车人和骑车人看到了那一幕，那鸟没有袭击别人，他好像就认定了站在路中的这个警察似的。那一刻，警察勇真的毫无准备，那红嘴鸟的冲力很大，他头上的帽子差一点被掀掉，红嘴鸟在他肩头翻了两个跟头向地上落去，这一瞬间，他实实在在感觉到，背上好像被人重重地拍了一掌。红嘴鸟在身体马上接近地面的时候，调整好了姿势，飞回了天空。人们的目光一起跟着红嘴鸟的身影望向了天空，经过片刻的尴尬后，勇也随着众人的目光向树梢上望去。

红嘴鸟从树梢飞到楼顶，又从楼顶飞回树梢。它的叫声有些嘶哑、有些绝望。许多人驻足抬头观看一会，见没有什么新鲜，都慢慢散去了。

正当警察勇准备跨上摩托车离开时，这一次他下意识地抬头看了一眼，他发现那只红嘴鸟又一次向着自己俯冲了下来。它嘴里好像叼着什么东西，见警察勇抬头看着它，他把嘴里叼着的东西在离勇头顶四五米高的地方扔下后，又飞回了树梢。

这是一只带着新鲜血迹的枪套。

据说后来，警察勇在和那棵大树几乎一般高的一栋十层楼顶上，发现了一个受了伤的人质，送到医院时医生说，再晚来几分钟，这个人的命就完了。

从那天起，每次去那个路口上岗，勇总爱抬头向树梢上望上一会。

猫之心事

爸爸是个作家，自从他那篇《俺家闺女》的散文发表后，我已经收到了《世界名猫名录》、《动物界精英》、《好猫好狗俱乐部》等七八家编委会的信函，它们信函的大致意思都差不多，开头有的称我为"尊敬的王白雪女士"，有的称我为"王白雪小姐"，对于这两种称呼我都不太喜欢，我今年芳龄 3 岁，正值青春年少，称我为女士，我有那么老吗？这后一种称呼更是使我听了心里不舒服，人们把干哪一行的女孩子才叫小姐。接下来就是，很荣幸的通知您，鉴于您在动物界的名声和威望，经有关部门举荐和编委会评定，您入选了由动物协会等权威部门编选的《×××》名录或画册。请在近日将您的玉照和自传寄来，以便让更多的动物们了解您和一睹您的芳容。首先声明，我们不收参赛费、入选费、出版费。但由于出版此丛书或画册费用比较高，本编委会决定每本名录或画册只象征性的收取工本费 588 元（按定价的 8 折收费，多购者可再优惠）。

这事才开始我是在客厅里无意中听爸爸妈妈聊天时说的，从那天起我就比较留心这事，想看他们商量怎么办？说句真心话，谁没点虚荣心？听说能出名谁不动心那才叫虚伪。再说万一被外国的那个名门公子看上，说不定将来我还能嫁个外国猫，能出国定居享受荣华富贵呢。连着好几天我都在胡思乱想，没睡好觉。趁爸爸妈妈不在家时，我把那些信函偷看了一遍，每一封信上都有好几个大红印章，相信这不会是假的吧。想着这几封信函可能给我的命运带来的转折，我不免有些激动起来，我使劲摇了摇头，抬爪抓了把自己的脸，问自己，我这不是在做梦吧？

从另一方面想，这掏钱的事，还是爸爸妈妈说了算，我是无能为力。

我现在唯一能做的，就是极力讨好全家人，特别是爸爸妈妈。所以这几天爸爸妈妈一进家门，我就围在他们脚下转个不停，一边撒娇一边还要装出淑女状，以此引起他们对我的重视和好感。过去妈妈给我洗澡后，过不两天我身上就脏了。虽然在他们面前我经常吐点口水用爪子洗洗脸，但我和小哥哥总是被并列评为家中最不讲卫生的成员。在这"非常时期"，个人卫生上我注意多了。昨天妈妈还表扬我哪，说白雪不错，这几天不但很乖，卫生也保持的不错。听了这话，我心里美滋滋的。虽然爸爸已是在全国很有名气的作家，但在这个家里，妈妈才是一把手。

爸爸妈妈都去上班了，小哥哥也去上学了，按说这是我补觉的好时候，但我趴在沙发上，翻来覆去怎么也睡不着。爸爸虽是个作家，他能帮我写好自传吗？不如我先在肚子里草拟一下，若爸爸写出来的不太全面时，也好作个补充。

王白雪，随父性，猫如其名，一身洁白。妙龄少女，性情温柔，落落大方，红嘴唇、红鼻头，气质佳。虽出身寒门，但生长在知识分子家庭里，有教养，懂礼貌，善解人意，有幽默感。一颗少女的心正等待你来开启，愿结交天下所有的异性朋友，希望从你们中间能找到我的白马王子。我家电话：＊＊＊＊＊＊，我爸的电子邮箱：＊＊＊＊＊＊＊＊想着想着，白雪进入了梦乡，先是那些名录和画册发表了她的自传和玉照，引起了动物界的一阵骚动，她一夜之间成了动物界的一颗新星，紧接着，多家猫粮公司请她做形象代言猫。她的收入越来越多，名气越来越大，世界上不少动物组织邀请她以访问学者的身份去讲学、交流。国外一个名猫之后看上了她，放言非她不娶……

一块猪肉的旅行过程

过去鲁西南虽然穷，但不知从什么时候兴起的规矩，过年后亲戚来往要带块猪肉。后臀肩是吃肉，前边是血脖，中间的肉最贵，俗称打礼。中间的肉虽然肥，但它好看。肉的大小也是量力而行，一是看去什么亲戚家，二是看自己的经济情况，决定肉的重量和部位。新年后，为什么要送猪肉，从来没有人考证过。也许人们是共同这样认为的，农村的鸡一年才能养大，炖不烂，吃不动。鱼呢又是刺又是鳞，还有腥味。就是这猪肉老少皆宜。主家也不用再花钱去买肉，猪肉炒什么菜都可以。

腊月里的肉是放不坏的。在某年的年前，集市上，一对从外边城市赶回家过年的小夫妻站在屠户前，女的说：打块礼。男的说：大一点。女的说：四斤多就行。男的财大气粗，最小要六斤。屠户打下来一称，七斤四两。屠户这是怎么了，平常手头很准的，上下绝对没差过三两。当然对象从外边回来的人除外。价钱上比平时一斤也贵了两毛钱。我是被小俩口带回家孝敬女方父母的。没想到，这只是我的第一站。

每到猪年，许多人说小猪可爱，实际上是在骂我们哪。也是安慰属猪的人或属猪的人在自我安慰。要是有办法，谁愿属猪？谁愿做猪？

没过几天，这对老夫妻把我提了出来。老头拿出菜刀砍我。砍了几下，我暗暗使劲让他砍不动。女的说：别砍了，砍的豁子流牙的多难看。我去让街上的张屠户给砍开。路上我坠着不走，老太太说，怎么这么沉。屠户的砍刀我招架不住，没办法我被一分为二砍成了两半。

我被这家的老年妇女提着去参加了一个婚礼，那场面真是热闹，人们脸上喜气洋洋，好像都是新郎官新娘子似的。有人在放鞭炮，有人在撒喜糖，看热闹的妇女抱着孩子，脸上露出藏不住的笑意，是不是想起了自己结婚的日子；孩子们放了学，像老师安排的似的，全都跑着来这儿集合……我被新主人放在收礼的地方，没想到那儿已经有五十多块我的同伴，还有的陆陆续续在进来。后来有厨师进来拿了好几块肉出去，幸亏没挑上我。有一次我被提起来，睁着一对牛眼的那个厨师对我左看右看，我希望他把我放下，但他却把我提出了门。我心想，这下完了，这下我是真的完了。刚出门，有人喊他，他走回来又把我扔在了同伴中间，那一刻我出了满身冷汗。

没过多久，新郎官的舅老娘去世了。我和一只猪头一只鸡被新郎官的父亲当作供品，摆放在一个抬着的盒子里，去参加了一个葬礼。听说老太太84岁，死在了大年三十的早上。早上孙女来给老太太送饭，喊了几声没人应，说，饭放这儿了，你自己起来吃吧。等中午孙女又来送饭时，见早晨送的饭老太太没有动。大声喊了几声，见老太太不吭气，拔腿就向外跑。一进家门，上气不接下气的说，我奶奶是不是死了？早晨送的饭也没吃。你们快去看看吧。女孩的爹到那儿一看，老太太早已经是手脚冰凉。人们都议论，说这家的几个儿女都不孝顺，但葬礼这天，竟有这么多披麻戴孝的孝子贤孙。而且还雇了吹鼓手，那声乐如泣如诉，悲悲凄凄，像生灵绝望时的哀鸣，呜呜咽咽，连老天都禁不住流下了眼泪。

后来我又被送去李家镇，张村，刘店……甚至有一次还去了临县。一路上我见证了许多人世间的喜怒哀乐。不知什么时候，我身上长出了绿毛和斑点。这一天，我突然发现来到的这个地方好像似曾相识，一股熟悉的气味扑鼻而来。当我被放下主人走出去后，从身边传来一个熟悉的声音：兄弟，没想到这辈子咱们还能见面。你走后，我一直被别的肉压在下边，我以为你早成了哪家饭桌上的美餐了。

我向它诉说了三天三夜，一路的所见所闻还没有讲完。这一天，女主人提起我们俩看了又看，全家人又轮流看了一遍。我们一起被男主人提到了后边的苹果地里，一起被埋了下去……一只狗站在远处看着这一切……

心　愿

　　曾记得年幼的时候，母亲每每讲起她童年和年轻时的苦难总是声泪俱下，她说和父亲结婚时最大的心愿就是买一对手镯。然而两边的家庭都很贫寒，她始终未能如愿。为此我和姐姐眼里总是含着泪，陪母亲难过一阵子。我发誓长大后一定要让母亲享享福，弥补一下她过去生活的不幸。

　　我发奋上了大学，又分配在城市里。前年接母亲出来，准备让她多住一段时间，我也好尽尽孝心。身穿军装的妻子虽然是城里长大的女孩子，但对母亲极是尊敬，没有一点嫌弃的意思。为此我很感激她。

　　我兜里装上从烟钱和奖金中克扣下来的所有积蓄和妻子给的五百元钱，跑遍了C城大街小巷的商店，也没买到使母亲梦牵魂绕的手镯。

　　可是没住两个月，母亲非要回乡下去，我以为是我们对老人照顾不周或是只顾工作冷淡了她。在妻子不在时我问她："娘，你为什么要走？在这儿给我们看看家多好。"

　　"这城里我待不住，吃饱了闲得慌。饭，我也做不了。别的更给你们干不了什么。我还是回老家吧。"

　　昨天，突然接到姐姐拍来的"母病故速归"的电报。我问妻子能不能回？她说她去请假。当天晚上我们就坐上了归乡的列车。

　　今天走到村边，我就控制不住自己了，眼泪刷刷的往下掉。望着母亲的遗像，我跪在灵堂前哭得死去活来。

　　妻子一共也没挤出几滴眼泪来，只是眼睛红红的。我想，媳妇和儿子就是不一样。

　　清理遗物时，姐姐捧出一个红绸布包放在我面前，我一层层打开，一块手表静静地躺在里边，是瑞士产的金链小坤表，很是精致。我不解的抬起头看着姐姐，姐姐讲，母亲刚从你们那儿回来时，不敢戴在手腕上，偷偷戴在胳膊上，虽然到合上眼也不认识几点是几点，但她很喜欢它。咽气的前天还跟我说，我去时什么也不要，就要这块表。可她走后在枕头底下……

屋里静极了，一抹残阳从窗棂照进来。妻子盯着手表，眼泪淌了下来……

 # 存折里的秘密

　　由于夏天闹洪水，深秋时上级拨下了一批救灾物资。这天，夏沟村的广播喇叭响了。村主任保库先是习惯性的咳嗽了两声，然后喊到：全体村民请注意，今天上午，每家派一个代表，到村部领上级发下来的救济衣物。再广播一遍：全体村民请注意，今天上午，每家派一个代表，到村部领上级发下来的救济衣物。

　　没多大一会，村委会里里外外就挤满了人。说让一家来一个人，有的领着孩子，有的全家出动。人们说笑着，打闹着，甚是热闹。村委会的几个干部大声喊道：大家别挤，一家到前边来一个人，喊到谁的名字谁进来领。

　　不一会，里边有人说，我不要这件，再给换换。村干部说，白给的东西，还挑三拣四的，不换。开始陆续有人抱着衣物或被子从里边出来，有的人笑得合不拢嘴，有的人沉着个脸。

　　长山领回了一件红色的女式半截大衣，他没进家门就喊：

　　秀珍，你看这是什么？快试试合身不？

　　秀珍正在院子里干活，看到长山抱着一件红衣服进来，并没有一点高兴的样子。

　　人家都领床被子，或给孩子领两件衣服，你要它干什么？

　　给你穿，出个门什么的，你都没件像样的衣服。

　　秀珍白了他一眼，我不要，你去换点别的吧。

　　人家村委会的人说了，白给的东西，不给换。你看，多好看，还八成新哪。

　　反正我不要，你爱给谁给谁吧。

好几天后的一个晚上，长山出去找人打扑克了。秀珍刷完锅碗，喂上猪，看儿子在外屋专心地写作业，悄悄地进了里屋。她眼睛落在了长山拿回来的那件红衣服上。她想了想，出去到院子里插了外门，轻步回到了屋里。她又关了里屋的门，脱下身上的衣服，穿上了那件红衣服。她站在镜子前照了又照，脸上一下子布上了红晕。她穿着这件衣服，在屋里走来走去，前看看，后看看，感觉好极了。好大一会，她才不情愿地脱下来。她用自己那双粗糙的手抚摸着那件衣服，心里涌上一股温暖和幸福。

她从满足中回过味来，开始叠那件衣服，突然她的手停了下来，她从衣服的一个兜里掏出了一个红本本，她哆嗦着手打开，上面有 1 万块钱，是一张存折。

长山回来时，已经很晚了。见她和衣躺卧在床上，推了推说，这么晚了，你怎么还不睡，等我哪。她从半睡半醒中坐了起来，对长山说，别没正经了，我给你说，出事了？

出什么事了？你快说说。长山一惊，看着她说。

你拿回的那件衣服里有一张一万块钱的存折。

真的？大好事，我说感觉这两天左眼皮老跳呢。原来跳的是财。长山接过秀珍递过来的存折看着。

别想好事了，你想想，人家知道丢了存折得多着急。将心比心，人家是为救济咱，才误把存折装衣服里的。咱不能坏了良心。今天天太晚了，明天早上你赶紧去找村长，让上级赶紧把存折给人家退回去。秀珍一本正经地说。

孩他妈，这存折没设密码，做个假身份证就能把钱取出来，反正谁也不知道，怎么也找不到咱家来。一万块哪，有这些钱，明年春上咱就能盖新房了。长山笑眯眯地说。

这钱就是真能取出来，咱也不要。要花了人家这钱，咱一辈子也活不安生。咱不能做这种丧良心的事。

你说得在理，听你的，明天早上我就给村长送去。

第二天村长保库从长山手里接过了存折，说，长山，这事办的不赖。把那件衣服也拿回来吧，人家上面好找存折。

长山说，那村里还有救济的衣服吗？

村长说，没有了。这衣服你拿回家好几天了，你怎么不早送回来？要是早送来，还有可能给你发点别的。

昨天晚上半夜我老婆才发现的。

长山叹着长气离开了大队部。

过了几天的一个晚上，村长保库让他女儿把长山叫到了自己家，聊了会儿天，村长说，是这样，长山，你交回的存折和衣服我已经交给上级了。我想了想，我家分的这件军大衣你拿走，谁让我是村长，我不吃亏谁吃亏。不过，找出存折的事就不要乱说了，人多嘴杂。你拿回家衣服好几天后才送回来，说出去叫人家知道了也不好。明白吗？

长山搓着手说，村长，那多不好意思。

你就别给我装客气了。我说的话，都明白了吗？

村长，我明白明白。今后什么也不说。

我可是为你好。

谢谢村长。

长山走后，村长保库媳妇说，多好的一件军大衣，你给他了。他交回的衣服你交上级了。合着咱家什么也没有了。

妇道人家，你懂什么？你别管。

没过多久，上级传下话来说，已经找到了存折的主人。那些钱捐衣服的主人都不知道，是她得了绝症的丈夫死前偷给她存下的。那件衣服也是她们结婚时穿过的。

后来村长保库见利不忘义的事迹上了报纸和电视。听说还有人要出资以此为蓝本，拍一部长篇电视剧。

清 官

这天，县官吴正义坐在公堂上审案，衙役们带上来一个被五花大绑的囚犯。吴正义问："你是哪儿人？"

那囚犯抬起头，眼里的一束凶光射向吴正义。吴正义一怔，继而平静下来，见那囚犯不语，他嘴角向两边一牵，笑了笑。突然脸上又一下子严肃起来，对衙役们命令道："给他上刑。"有两个衙役拿出刑具开始给那囚犯上刑，用竹板做的夹子把那囚犯的十个手指夹了起来。才开始那囚犯还横眉冷对，慢慢就坚持不住了，先是咬牙做出一种痛苦状，后来声嘶力竭的尖叫起来。那囚犯哭爹叫娘的求饶了一阵儿，痛昏了过去。县官吴正义让手下给那囚犯停了刑。呆了一会，又呆了一会，那囚犯睁开了眼睛，他跪起来向前爬了几步，突然失声喊道："哥，我是你弟弟小三啊，咱爹娘死的早，你把我送了人，说挣下钱后回来接我。可我一直也没等到你。你左耳前边有个猴子，小时候你抱我出去玩，我经常摸着玩……衙役们的眼光都不约而同的投向了吴正义，吴正义的左耳前果真有一个猴子。但那是县官老爷名摆着的特征，谁都能看得见。衙役们想上前制止那囚犯胡说八道，吴正义说："让他说下去。"

"哥哥，我可怜哪，我在人家家过着猪狗不如的生活。哥，我想你哪，我做梦都梦到你回家接我去。可现在咱哥俩在这儿见面了。"那囚犯哭的一把鼻涕一把泪的，好几个衙役听了都觉得自己的鼻子有些发酸。

吴正义让人给他松了绑。退堂后，让人带他去洗了个澡。叫厨子备了一桌好菜，好酒好肉招待了那囚犯一顿，让他好好睡了一觉，第二天还是下令把他拉出去斩了。

有人说，那囚犯真是县官吴正义失散多年的亲弟弟。从心里说，吴正义觉得自己对不起这个一奶同胞、从小受尽苦难的弟弟。吴正义真想放他一条生路，给他些银两，让他远走高飞，找一个安静的地方，治几亩好田，娶一房媳妇，平平安安的过一辈子。但他犯的是人命官司，自己不能徇私枉法。吴正义想了一夜，眼睛都哭红了。他心里对弟弟说，对不住了兄弟，哥哥能做到的只有让你洗个澡，干干净净上路；吃一顿饱饭，路上不做饿死鬼。

后来这件事又有了新的说法，说县官吴正义根本不认识那个犯了死罪的囚犯。只是在公堂上听他喊自己哥哥，心里一闪念，将计就计，认下这个"弟弟"，管他一顿饱饭是人之常情，然后把他斩了，自己落了个大义灭亲的好名声。

不知哪种说法准确，反正处理那件案子不久，县官吴正义就得到了提升。

报　复

　　部下于晓结婚，熊科长本不想的，因为他算了又算，于晓结婚的这天正好是老母亲的生日，而且今年该自己安排。熊科长姐弟仨人之间有个约定，母亲的生日轮流坐庄。他陷入了两难的境地，第一没权叫人家小于改结婚日期，第二，母亲生日那天自己去参加小于的婚礼，姐姐弟弟会怎么想？还有老母亲那儿？而且这小子的生日自己还非得参加不可，要是小王的婚礼、小赵的婚礼说明原因，把份子钱给了不参加也就算了，可是这于晓的婚礼不参加不行。

　　小于大学毕业分科里来也好几年了，说心里话，熊科长对小于的工作能力和才智还是很欣赏的。但他有点锋芒毕露的样子，好几次开会当众发表反面意见，弄得熊科长下不来台。这天，熊科长私下里找他，先给他倒了一杯茶水，然后说：小于啊，你是个德才兼备的人才，这是公认的。你的工作能力和见解，没得说。但对工作有不同意见咱们可以私下里交流，会上要顾全大局。

　　小于说，我说的有没有道理？

　　熊科长说，有道理。

　　那你为什么不让我发表意见？我是从工作出发。

　　熊科长找他谈了两次，都是这样不欢而散。

　　熊科长还让副科长找他谈过，结果他还是我行我素。

　　后来熊科长想，你不仁，就别怪我不义。于晓工作上再出现点差错，他就一点不留情面的去批评，大会小会的讲。

　　熊科长联想到有一次老家来了几位领导，自己带着他们去爬长城，在一个城楼的醒目位置，他无意中看到了这样一句话：熊子生和盛立的老婆有一腿。那一刹那，他脑子里几乎是一片空白。熊子生是他的名字，而他们科的副科长就叫盛立。再巧合也不会巧合到这样的地步。他怕家乡的领导看到那句话，忙说笑着把他们引开了。心里拿不准他们当中有没有人看到那句话，要是传回家乡去，自己今后可真是名声扫地了。虽然现在公文大部分都是电脑打的了，但有时也有手写的。他从脑子的库存里搜寻，越想那字越像于晓的笔迹。

回来后，他思来想去，去报案？人家不承认怎么办？都知道了丢人可丢大了？可不去报案，全国那么多人去爬长城，万一哪天让熟人看到了，一传开，自己还是没脸做人。不管是不是巧合一个单位的正副职名字全一样，但熟悉自己单位的人肯定都会认为说的是我熊子生。一晚上熊科长翻来覆去没睡好，早晨他心里做出决定，带上刀子，不用单位的车，再去一趟长城。他给盛立打了个电话，说自己有事，出去一天。

所以这于晓的婚礼他是非参加不可的，这可是消除两人隔阂的一个机会。而且红包比给别的同事包的多。

于晓的婚礼很是热闹，熊科长一边喝酒一边想心事。所以婚礼结束时就有了些醉意。他本不想去于晓的新房的。可一帮年轻人死活把他拖上了车。

于晓看他的眼神有点躲躲闪闪，下车后把他拉到一边对他说，熊科长，过去的事情咱不提了啊。有些事我做得太过火了，请你原谅。

他违心地说，没关系的，我就喜欢你这样的性格。

在于晓家他想去趟卫生间，他本想忍着不去的，一是不好意思，二是有点不礼貌，可最后实在还是忍不住了。他方便完后一下子轻松了许多，向外走时，眼睛碰到了地上的一个水盆，他一下呆在了那儿。

水盆里有一只乌龟。

乌龟背上除写着："我是老熊"几个字外伤痕累累。

……

一个小人物惹事后的心理历程

　　大家正坐在大会议室里交头接耳地聊天，王局长一步跨了进来，没等他说话，会场一下子静极了。昨天办公室刚发的通知，规定全局人员严格遵守上下班时间，不能九点开会十点到，点完名字就遛号的现象再次发生。局长一进来，有的抬手看表，有的眼光射向了墙上的电子表，有的打开手机看时间，局长整整迟到了半个小时。局长笑了笑刚想说话，不知谁的手机响了：现在是北京时间九点三十分。大家的目光一下子聚到了发出声音的地方，不知谁带的头，像传染似的许多人哄的一声笑了。王局长脸上的笑容也一下子僵住了。

　　手机报时的是在局里一贯以老实憨厚著称的刘眼镜。听到手机报时声音时，他也一下子傻了，他想把手机关掉，摁哪个钮也不管用。他让身边的人帮忙，可谁都像躲瘟神似的躲着他，都装着没听见。那一刻，他真恨死了女儿小冉，这手机是女儿送给他的生日礼物，他说自己又不谈业务，家里有电话，办公室有电话，自己用不着手机。女儿说他老土，都什么时代了，还没用上手机。实际上他从女儿手里接过手机时，嘴上虽在抱怨，心里却是非常非常高兴的。开会前，他想熟悉熟悉手机的功能，没想到却玩出了事……

　　会议上领导讲了什么，他是一句也没有听到心里去，他关不掉手机，又怕手机再响，就低着头把手机塞在了腰带里，那时面前要有一片大海或一条沟，他一定毫不犹豫的扔进去。

　　他千万不该带手机，开手机，更不应该玩手机。领导会怎么想，你刘眼镜平常看上去挺老实的，大庭广众之下竟敢出我的丑。同事们会怎么想，看这小子平时不声不语的，阴险着哪，对领导都这样，谁敢和他交心，不一定什么时候把你给卖了。这样的人躲越远越好。

他想了多次如何去向局长解释，但都觉得不能自圆其说。这次竞选副科本来自己是有希望的，这一下希望变成泡影了，彻底死了这条心吧。

他觉得同事看他的眼光也都怪怪的。

这几天，看他回来心事重重的样子，晚上也睡不好。老伴问：病了？

他说：没有。

有心事？

他努力地笑了笑：我能有什么心事？

是不是哪个小姑娘看上你了？真是的话，你别为难，我给腾地方。老伴想逗他笑。

你烦不烦。他声调一下子高了起来。

星期天，女儿和女婿来了，小冉问：爸，你的手机哪？手机你玩的怎么样了？

他苦笑了一下说：挺好的。谢谢你们的孝心。

实际上那天他一直没有把手机关掉，回到家他拿开了电池才算把手机关了。他恨自己太笨，开会时为什么没有想到拿掉电池呢。从那时起，他就把手机和电池放进了抽屉里，像躲烫手山芋似的再没敢动。

他思来想去，觉得还是给领导写封信说说这事比较合适。省得领导繁忙工作中还得想着防范自己这样的小人。信是这样写的：

尊敬的王局长：

您好。

我是那天开会出您丑的刘混蛋。那天开会大家等了您整整半个小时，我是气不过，头一天刚发了通知，让大家遵守时间，上面还有您的亲笔签名，第二天您自己就带头违犯。不论什么原因，你的做法是不对的。所以你一进门口，我就按响了报时声。请你今后要求大家做到的自己首先要做到。这次调职我的副科调上调不上无所谓？打击报复我都不怕。

刘复

上班时路过邮局，刘眼镜把写给王局长的信投进了邮局的邮箱。到了单位，一进办公室，安科长来了一句：刘复，你小子请客吧。

刘复说：我请什么客？

装什么迷糊，你的副科批下来了。

安科长，别开这样的玩笑了好不好？

看他有些恼火的样子，安科长一本正经地说：批示在我的柜子里锁着，这还有假？不信你自己来看。

果真在安科长那儿看到了自己副科的批示，刘复一下子又傻了……

自助餐的故事

　　离春节还有十多天，小村里已有零星的鞭炮声响起，人们开始赶集买肉、买春联等治办年货了，山村的上空过年的气氛越来越浓了。

　　这天晚饭后，听说从省城打工的刘三回来了，赵一生去他家玩，一进门看到刘万元也在，坐下来大家喝茶、吸烟、聊天。刘三说："不怕你们笑话，我在省城闹出过一次笑话，我吃了没文化的亏。小时上了三年学，学的几个字都忘完了。我在工地上干活，每天从睁开眼一直忙到天上出来星星。伙房做的饭也没大油水。这一天我请了个假，去城里逛逛，也想买点好吃的解解馋。逛了半天，肚子饿了，我先找了个小店买了一瓶啤酒喝了，小店里卖两块钱一瓶，听说要进饭馆里喝，一瓶最少得收三块钱。喝完酒我想找地方吃点东西，路过许多饭馆，我都没太敢进去。最后看到许多人走进一个大厅，从门口能看得见，看人们走进去自己拿盘子去装吃的，我咳了一声，给自己鼓了下勇气，抬头挺胸往里走，我眼睛的余光看到了那门口的服务员小姐向我意味深长的一笑。进去后我看到人们都是各自为战，有的涮火锅，有的烤肉吃，凉热荤素那么多菜。我转了一圈，又转了一圈。我心里想，这可能就是一起干活的弟兄们常说起的什么 AA 制，自己爱吃什么吃什么，最后按自己吃的东西算账。我比较来比较去，本来想吃点鸡肉块的，又一想这东西肯定得贵，像鸡爪、猪蹄我是不会吃的，那些玩意光骨头没肉。人家城里人是有钱，你看一个个吃的涮的弄一大桌子得花多少钱。最后我拿了五个馅饼坐下来吃，我在我们工地外吃过，那馅饼八毛一个，这馅饼比那儿卖的好吃，最多一块伍一个顶天了。出门算账时，我递过去十块钱，服务员不接，她笑着说：'每位三十六员'。我有点不相信自己的耳朵，我想我吃什么了，五个馅饼你给我要三十六块钱。我说：'你说什么？'她还是笑着说：'这儿写的清楚，自助餐每位三十六元。'我不情愿地从兜内掏出那好几次都没肯破开的一百元钱。后来想起来我就后悔，当时光心痛钱了，为什么不再转身回去，放开肚子，吃它个酒足饭饱再出来。"

上过初中的刘万元说："我也给你们讲讲我吃自助餐的故事。我在南京码头上给人家打包当装卸工，也是天天累得像王八蛋似的。那是力气活，吃不饱不行。有几天赶上连阴天老是下雨，码头上没活，我们几个一起租房子的在家待着。这一天我们商量好第二天去城里吃一次自助餐，所以中午饭和晚上饭都被一包方便面打发了。第二天为了选择一个便宜点的地方，我们几乎跑遍了整个南京市区。最后选在了西郊的一个小地方，我们一共五个人，上午十一点进去，下午三点出来。光羊肉就涮了二十盘，喝了两瓶白酒，十六瓶啤酒，饮料酸奶之类不计其数。所有的凉菜热菜，吃的涮的喝的都尝了个遍，真他妈叫过瘾。吃过饭向外走时，我觉得吃的东西几乎到了嗓子眼。刚出门口，山西的'于后生'就不行了，只见他用手使劲捂着肚子说，兄弟们，我不行了。他脸色越来越白，我对跑到一边干呕的小'河北'说：你小子，赶紧去路边打车，得送他去医院。当把'于后生'送到医院，我们不知道怎么回的住处。第二天醒来，头还痛得厉害，一天什么都不想吃，'于后生'媳妇准备找我们算账的，一看我们几个一个比一个痛苦的样子，小'河北'回来就上吐下泻，只能骂我们没出息。

读过高中的赵一生说，既然你们俩都讲自助餐，那我也讲讲我吃自助餐的故事。我在北京骑小三轮车给一个纯净水公司的客户送水，时间长了，我发现有两个大单位经常有会议，用餐时都是自助餐，开会的人来自天南海北，谁也不认识谁。服务员不验证不收票，只是例行公事的站在门口。开会的走进去都是自顾自地吃。有一天又有一个单位有会议，我提前把三轮车放在内部看车处，让看车的大叔给我看着车。由于头一天我就知道有会议，特意穿了一件西服上衣，还把皮鞋擦了擦。等到中午开饭时我随人流进了自助餐厅，我拿了个盘学着人家的样子想吃什么就多夹一点，那么多菜可惜没有酒，饮料倒是有的。头一次我还有点提心吊胆，时间长了我就有点心安理得了。隔一段馋了我就去吃一顿，不过我不会只去一个地方。

赵一生说完自己哈哈笑了，刘万元笑得有些勉强，刘三的笑更象是像。

愿做小梅家的那条狗

乍暖还寒，虽然按节气说，已经立春有些日子了，但早晨起床时觉得很冷，起来一看，院子里铺了一层雪，风像小蛇似的向衣服里边钻。想去厕所，想想还是算了，等不去不行时再去吧。要是在小梅那儿住着多好，想什么时候上厕所就什么时候上厕所。她们家的暖气热得人穿着单衣，像过夏天。没办法只能关掉了两组暖气。

小梅是我女儿，她大学毕业后结婚留在了城里。我刚从她那儿过完年回来。

洗了把脸，到灶间点着火，向锅里添了些水，准备做一碗粥。却被柴草燃起的烟熏出了眼泪。自己不动手，一口饭也吃不到肚子里去。

吃完饭赶紧去村部把水电费交了，让电工给送上电，去时带上一包烟。

昨天回来就给侄子二狗家送去了一些吃的，他是知道我回来了。以为他会来扫房子的，不扫就不扫吧，反正雪下的也不大。

出门后碰上民生家的，她说，大娘从妹妹那儿回来了，妹妹侍候的真不错，看大娘你气色多好。你还不知道吧，春意婶子年前死了。人多快，说不行就不行了。

我心里扑腾一下，还想哪天去看看她，虽然她病快快的，但好多年都是这样过来的。我们俩还能说的来，她比我还小两岁哪。

我缩了下身子，心情一下子沉重了许多，脑子里却好像一片空白。

办完事回来，整个脸被风吹的都是麻木的。

白天还好，闷了可以出去找人聊聊天。到了晚上，这么大一个院子，这么多房子，到处都黑漆漆的。一个人呆着要多冷漠有多冷漠，要多冷

127

清有多冷清。只有老鼠们有时不甘寂寞出来折腾点动静，凑凑热闹。

才到女儿家时，女儿让我和外甥女乐乐一块睡。没两天，女儿准备了一套牙膏牙刷让我刷牙。又没两天，女儿难为情地悄声和我说，娘，乐乐一个人睡习惯了，你在那儿她睡不着。要不在客厅给您搭张床行不行？

行，怎么不行？你们这儿这么暖和，睡哪儿都一样。

女儿这么说，我心里明白。她是没有明说，怕伤我的心。实际上是乐乐嫌我口里有臭味。我头一天和她睡她还很高兴，第二天就皱起了眉头，自言自语说，我屋里怎有股臭味？

好几天乐乐都这样说，女儿女婿到屋里走一圈，对她说，你别瞎说，哪有什么臭味？

这天晚上一家人看电视时，四岁的乐乐走到她妈妈跟前说，妈妈，你张开嘴，吐一口气。

她妈妈说，你想干什么？

你别管，你照做就行了。

乐乐又到她爸爸跟前这样要求。

最后到我跟前这样要求。我吐完一口气后，乐乐突然说，我找到我房间臭味的根源了，是姥姥嘴里发出来的。

女儿女婿都愣了，我尴尬极了，无地自容。

女婿说，乐乐，你胡说什么，爸妈怎么教育你的，要尊敬老人。

女儿也说，乐乐，不许对姥姥这样没礼貌。

乐乐委屈地哭了，她抗议说，你们不是教育我说实话吗？我说实话你们又不愿意。

女儿家养了一条小狗，还有名字，叫乐乐她妹。不但有名字，还有什么户口，什么证。女婿说是花三千块钱买的。一个星期给她洗一次澡，吃的是从超市买回来的小豆豆饼干，隔三差五还给买个罐头、肠什么的。从不吃剩饭，作好饭先给她盛，她在家里的地位比乐乐还高。睡觉也是，愿在哪儿睡在哪儿睡。有个很漂亮的小屋不说，女儿女婿的床上，乐乐的床上都不受限制。

女儿女婿回来，总是先喊，乐乐她妹，今天淘气了没有？或乐乐她妹，看爸爸给你买什么好吃的了？

乐乐回来，也总是先和她妹妹亲热上一阵子。

那小狗人模狗样的，一会向这个摇摇尾巴，一会去舔舔那个的手。有时还坐在沙发上看电视。

女儿女婿们都有工作，早晚还要忙着做饭，还要给准备好中午吃的。自己给她们又帮不上忙。住时间长了，女儿不说，女婿也该烦了。所以过完十五就回来了。

窗户被风吹的呼呼响，这一个人的日子真不好过。

我要是托生是女儿家的那条狗该多好啊！一是能天天和女儿在一起，二是好吃好喝、暖暖和和的不受罪啊。

善良的回报

晚上孔夫子和几个朋友一起喝酒喝得有点高，出了小饭店门口，哥几个都问，孔夫子你行不行？不行就别骑车了，下雪下的路上滑，不好走，要不你打个车走，车子明天再回来骑。他说，没事，哥们放心吧。大家就这样散了。

说是能行，孔夫子一上车还是有点晕。串了两个胡同，他就找不到路了。在一个路口他停下来辨别了一下方向，继续上路。越走越觉得不对劲，他来到了离家很远的铁道旁。天气很冷，风吹着雪粒打在脸上生疼生疼。他顺着铁路边的小路骑着车，前轮一滑，差一点把他从车上摔下来，起来后他索性推着车子走。铁道旁一团白影动了动，吓了他一跳。他咳了一声，给自己壮了壮胆，走近了一看，竟是一个人，旁边放着不少瓶瓶罐罐。他停下车子，走上去问，这么冷的天，你怎么不回家？

我能帮你点什么吗？

对方不动也不回话。

你家在哪？我送你回去？你能起来吗？

你放心，我不是坏人，我是真心想帮你。

躺着的人似乎动了一下。

你是不是摔着了？还是冻的说不出话来了？

孔夫子试着弯腰去扶那人，那人在孔夫子的帮助下颤抖着站了起来。

孔夫子看清了，是一位满头白发的老奶奶。问她什么，她总是摇头。孔夫子明白了，这是一位聋哑老人。孔夫子心里想，这可怎么办？不管她的事，她一个晚上可能会冻死在这儿。可管她吧，也不知道她家在哪儿？

孔夫子让老人坐在一个高处，索性点着了一支烟。连着吸完了三支烟，孔夫子终于拿定了主意。他大步流星地向前边亮光的地方跑去。在拦了七八辆出租车总是被拒后，终天有个好心的出租车司机相信了他的话，先是让他上了车，然后找到那个捡废品的老太太，让她上车她坠着不上，还是在司机的帮助下才把老太太架上了车。司机说，帮人帮到底，把你的自行车放后备箱里吧，要是平时，你给钱我也不给人拉车子。孔夫子连说，我真是遇上好人了。

他把老太太弄回了家，给父母说明了情况，父母帮老人换了衣服，做了吃的。问老太太话，她还是一个劲的摇头，而且总是要走。孔夫子一家好说歹说，你要走也得等明天白天走，现在外边黑灯瞎火的你去哪儿？总算把她劝慰了下来。

第二天一早，孔夫子先去派出所报了案，人家民警热情，当时就给附近的所有派出所打了电话，没有报丢失人的。最后派出所的人给他出主意说，要不你去电视台找找，让他们播个寻人启事，或许好找些。

到电视台一说，人家也感动了，马上派了摄像和记者来了。中午新闻就播出来了。

电视台连着播了两天，一点消息也没有。

孔夫子请假去民政部门联系养老院的路上，突然手机响了，里边传来一个女孩子的声音，你是孔先生吧，你捡到的那个老人是我奶奶，我现在就来你家接她。谢谢你了，好心人。

你们做家人的太不负责了，老人有病还让她向外跑，丢了也不知道找。孔夫子既高兴又愤恨。

是我们的不对，你批评的正确。今后我们一定会看好、侍候好老人。给您添麻烦了，真是无比感谢。

人家这样说，孔夫子再也不好意思发火了。

女孩来到孔夫子家，孔夫子一看，女孩长的很有气质。

女孩见到老太太后，两人抱头痛哭。

女孩说，奶奶，你怎么一个人跑出来了？可把全家人急死了。

老太太哆哆嗦嗦从内衣里掏出一把钱交给女孩说，我是想出来捡废品挣点钱，凑齐了钱退给人家，让你爸早点回来。

女孩哭得更厉害了。

原来老太太不是聋哑人啊。

原来，女孩的爸爸是城管局的平局长，前段时间受人陷害被隔离审查。通过纪委和审计部门的调查已还他清白，也官复原职了。老太太是他们家的老保姆，家里无儿无女，先是在女孩爷爷奶奶家，女孩的爷爷交代儿子，我们走后，你们要给阿姨养老送终。老人走后，阿姨就来到了女孩家，一呆就是二十年。当听说主人出了事，是因为钱的事，就想出去挣些钱回来救主人。

当时家里出了事，像天塌了一样，没人看电视，更没人出门。后来还是好心邻居告诉女孩家的，你们家老太太被好心人领回家了。

没多久，来接老太太的女孩成了孔夫子的女朋友。

# 神奇的药片

这是 2108 年的一个上午，在北京不是特别繁华的一条街上，一位中年男子走入了我的诊所，他抬头用心看着挂满墙壁的写着华佗再世、当代李时珍的锦旗和奖状，愁苦的脸上露出了一丝笑容。

一位礼仪小姐把他领进了诊室，我微笑着起身相迎，先生，您请坐。礼仪小姐倒了一杯水放在他的面前，笑着向他点了下头，退了出去。

这位先生的面部长的很有特点，眼睛、鼻子，嘴巴像听到紧急集合的号声，一下子跑过了头，还没来得及退回去就听到了立正似的，都在不太是自己的位置站定了，总的说，就是他长得很喜剧。

我等这位先生坐下，喝了几口水，稳了一下神后，不紧不慢地问道：先生，在哪儿高就啊。

他自信地说，我是市文化局的华局长。

我说，说说您的症状吧。

他说，你很慈祥。

我说，谢谢，我这也是百年修炼的。

他向后看了一眼门，礼仪小姐出去时已经关上了。我说，你放心，在你走出去之前，不会再有人进来。

他咳了一声开始说，我吧，老婆长的特别漂亮，女儿也长的特别可爱，仕途上也还算知足，钱当然也够花，但最近我突然想，人活着真他妈没大意思，我想自杀，但又不想把漂亮的老婆和可爱的女儿留给别人，我心里很矛盾，也很苦恼。

你有想自杀的念头多长时间了？我用手理了下花白的长胡子问。

快二个月了。

还有什么症状？

上班时间心神不定，坐立不安，两个副局长都盯着我这个位子。听说省里新提拔上去的副部长，就是兰副局长的老丈人，下面来人，请出去吃喝玩乐也没了兴趣。回到家也不看电视，除了吃一口饭外，就是一个人在书房里呆着，好几次老婆晚上想那个，我骂她，你她妈烦不烦，犯什么贱？最近，她叫我的一个好朋友来劝我去看心理医生，我看他们之间有点不对头，我审问我老婆，她死活不承认。我发现好几次了，十五岁的女儿居然和姓兰的儿子聊得很投机，他都上大二了，再把我女儿给骗了，我烦死了。

你这是明显的抑郁症的表现，这样吧，我给你开三天的 A 片药，一天吃一片，不好你再来找我。不过，这药有点贵，要 2 万多块钱。

没关系，再贵点都没关系，只要能治好病就行。

三天后，这位先生又一次来到了我的诊室，他的脸笑成了一朵花，他使劲握住我的手说，王医生，你真是神医啊。我一点也不想自杀了，我太留恋现在的幸福生活了，昨天晚上我和老婆那个了，感觉真是妙不可言啊。我那朋友也是好朋友，他不可能有别的想法。女儿和兰家小子也没事，是我多心了。

他千恩万谢刚出门，一位少妇被礼仪小姐领了进来。我微笑着起身相迎，这位女士，您请坐。礼仪小姐倒了一杯水放在她的面前，笑着向她点了下头，退了出去。

这位女士有三十岁左右，模样、气质、身材都很好，穿的更是得体，她头上的一顶手织的毛线帽，加上她顾盼生情的眼神，可以说是风情万种。

我等这位女士坐下，喝了几口水，稳了一下神后，不紧不慢地问道：这位女士，我好像在哪儿见过您啊。

他自信地说，那就对了，我是市电视台的主持人南楠。

我说，我说看您这么面熟呢，南女士，说说你的症状吧。

她说，您很慈祥。

我说，谢谢，我这也是百年修炼的。

她向后看了一眼门，礼仪小姐出去时已经关上了。我说，你放心，在你走出去之前，不会再有人进来。

她轻声咳了一下开始说，我吧，半年前到南方去休养，感觉浑身没劲，也没有食欲，到医院一查，发现得了癌症，我还不相信医生的话，又去了另外两个大城市的医院，结果都是一样的。我感觉到了绝望，我还没有结婚，还没有生过孩子，我刚得了全国金话筒奖，我不想死，我咨询过好多名医，也去过国外，偷偷做过好多次化疗，吃过治癌症的所有药，都不管用，而且病情越来越恶化。真是没办法了，才到您这儿来试试，您就把我死马当活马医吧。

还有什么症状？

心烦意乱，胡思乱想，欲哭无泪，感觉天就要塌下来了，世界末日来临了。过去我一天洗一次澡，现在三个星期都没洗澡了。

从几个医院检查的综合情况，加上你说的症状来看，肯定是癌症，而且是两种癌，这样吧，我给你开四天的B片药，一天吃一片，不好你再来找我。不过，这药有点贵，要3万多块钱。

没关系，再贵点都没关系，只要能治好病，我把身子给您都行。

四天后，这位女士又一次来到了我的诊室，她穿的雍容华贵，她见礼仪小姐出去了，突然上来抱着我就肯，王医生，你真是神医啊，吃完药我感觉好多了，有精神了，浑身也有劲了，更是有食欲了，昨天晚上一个人吃了一个大猪肘子，真香啊，来您这儿之前，我去市立医院做了彻底检查，医生说，真是奇迹，你身上的癌细胞一个也没有了。走吧，我的车在外边，咱去个好宾馆开个房，您放心，我是完全心甘情愿的。

你的心意我领了，老翁只是济世救人，收不起此"重礼"。

那，那我怎么报答您？我去找台长，给您做个专题节目。

我这个诊所很小，但百病包治。我这里还有治男女不孕的C片，治有暴力倾向的D片等，药片的成分都是我亲手配的，药方是我结合李时珍的本草纲目，摸索几十年实验出来的。只要吃了我的药，药效可以立即传遍病人身上的每个细胞和神经末梢，药到病除，永不再犯。

媳妇掀开了我的被子，扯着我的耳朵说，都什么时候了，还做美梦，梦里还笑，是不是梦到又娶了房媳妇？

这要不是梦，该有多好啊。

杰　作

　　最近，在著名的世界顶峰画廊网站，一幅名为"仙桃"的水墨画好评如潮，此画的作者为英国的杰可·伦敦，标明的售价为 2 万英镑。此画在艺术界引起了轰动。德国的资深书画评论家维特·诺夫期基留言说，这幅画是 21 世纪的伟大发现，初看上去，它和一般画作没有什么区别，但它的神奇也就在这儿，它在于是与不是之间，一般的画只是形似，这幅画的艺术造诣却达到了神似。英国的权威书画评论家大卫·克林顿也留言说，凭借此作，相信杰可·伦敦在世界书画史上，可以和塞尚齐名。全世界有几十家画廊希望和作者合作办他的画展，其中有十几家是世界有名的画廊。

　　这天傍晚，在中国的一坐边远小镇上，退休美术教师兰成坐在电脑前看的有滋有味。

　　他想起了那天的情景：

　　他正在书房里整理画案，奶奶刚给洗完澡，只有两岁的孙子，光着身子跑进来，脚下一滑，坐了个屁股蹲，不偏不斜，正好坐在了放在地下的墨盒里了，小超自己想起来，起了一半，又坐在了地上的宣纸上，小超一摸屁股，摸了一把黑墨，张口大哭起来。

　　他说，哭什么哭，是你自己不小心摔倒的，看把我这儿给弄的？

　　小超哭着辩白，奶奶说不让随便放东西的，你为什么把东西放在地上？

　　他哭笑不得地把小超架起来，嘴里说道，好，好，是爷爷的不对，爷爷不应该随便放东……突然，他的眼睛被小超屁股留在宣纸上的印迹拴住了，太像了，真是太像了。他突发奇想，把架起来的孙子又放回了宣纸上，一下，二下。小超停止了哭声，挣着不解的眼神望着爷爷，大声向门口喊道，奶奶，快来救我，爷爷把我的屁股蹾烂了。

他望着地上的宣纸，大笑起来。

奶奶跑了进来，你们爷俩干什么？没大没小，又哭又笑的？

小超看到奶奶，一边哭一边说，奶奶，爷爷不讲理，随便向地下放东西，摔了我，他还接着蹾我的屁股。

你快去给洗洗，小超滑倒坐我墨盒里了。

老伴领孙子走后，他望着宣纸上浓淡相宜的"作品"，开心的笑了。

……

这时孙子小超跑过来，拉着他的衣袖说，爷爷，抱，爷爷抱。

好，爷爷抱。来，小超，看看这是什么？

爷爷，对不起。小超睁着纯洁的双眼，看了看电脑里的画，又看了看爷爷的脸说。

爷爷不怪你，爷爷问你，这是谁画的？

不是画的，是我不小心弄的。

小超，你现在可不得了，你这一摔，一下子把自己摔成了世界级的大艺术家。可爷爷追求了一辈子艺术，还只是个书画爱好者。兰成叹了口气，继而又摇了摇头，苦笑着对孙子说。

那幅"仙桃"是他拍照后放到世界顶峰画廊网站成人区的，作者名字也是他杜撰的。

小超好奇地问：爷爷，什么是大艺术家？

应　聘

平阴市的台海投资公司在人才网打出广告，要招聘一位办公室主任，月薪5千元，没想到一个星期的时间，报名者就多达一百多人。人事部安经理从应聘者的资料中精挑细选了二十个人，通知来公司面试。

这天是面试时间，人到齐后，安经理说，欢迎大家对本公司的信任，请各位把发到手的号码贴在上衣的左胸口处，为了使大家对公司有个初步的认识，下面由我们公司的那秘书带领大家参加一下公司。

参观结束，大家走进了会议室。公司的几个人走进了安经理的办公室。安经理说，都说说自己发现的情况。

小李说，走在前面的大部分人都是视而不见，从楼道口捡起一块钱交给前台的是一个没有号码的人。他把钱交给前台后，我上去偷偷问，你是几号？他说，他没有号。

小张说，在厕所里关掉洗手处水龙头的人，也是那个走在倒数第二，没号码的人。

小华说，当他们走过来，我故意把一叠资料掉在了地下，只有那个无号码的人弯腰帮我捡资料，别的人都躲开了。

安经理有点莫明其妙，二十个人发了二十个号码，怎么会有没有号码的人？

他到会议室一数，真的多了一个人。他悄悄把那个没有号码的人叫到办公室，问，你是来我们公司应聘的吗？

那个穿着普通，但个头很高的小伙子说，是的。

安经理好奇地问，你是从什么渠道知道我们公司招聘人员的？

刚才在门口，我问保安，这么多人都是你们公司的人员？保安告诉我说，他们都是来应聘的。

你应聘什么职位？

不知道。

你什么文化程度？

高中。

你的优势是什么？

那青年人想了想说，我当过六年兵，身体和心理素质比较好吧。

我们招的是高层主管，刚才那些人都是大本以上文化程度的，有些还有大型企业的管理经验。你除当过兵外，还干过什么工作？

是这样，我当兵退伍后，在本市耀华餐馆干过三年采购员，前几天，因为一场大火饭馆被烧了，所以我的工作也没了。我现在急需一份工作，因为我的父亲死的早，母亲把我和妹妹拉扯大不容易，现在母亲得了癌症，看病吃药，天天需要钱。

安经理听完，感叹地说，是这样啊。这样吧，你把电话留下，有合适的工作，我会给你打电话的。

他低头走出电梯时，差一点和一个女孩子撞个满怀。他忙说了声，对不起。

那个很有气质的女孩先是狠狠瞪了他一眼，突然笑着说，怎么是你？

他说，对不起，你认错人了吧，我不认识你。他自顾向门外走。

就是你，你别走，这一年多来，我几乎找遍了整个城市，也没找到你，今天怎这么巧，在这儿碰上你。

他没有回头，继续向外走。

女孩追上来拦住他说，你不能走。

他还想走掉，门口的两个保安走上来说，先生，你不能走。说完就想上来把他架回去。

女孩说，你们不能无理，他是我的朋友。

原来，去年夏天，他工作的饭馆组织员工去海边玩，一天晚上他们几个到海边游泳。他游着游着，发现不远处有人喊救命，他毫不犹豫就冲了过去，那是个女孩，腿可能抽筋了，才开始他还有点不好意思，但一想，还是救人要紧。他一只手抱着女孩，一只手划水，费劲地游回了岸边。他把女孩交给了她的同伴，悄悄地离开了……

安经理被秘书带着进了洪董事长的办公室，洪董事长问，办公室主任的招聘情况如何？

董事长，情况不错，来应聘的人中，好几个人有在大公司工作的经验。

那几个小测试环节，几号表现最好？

咳，这事吧，是这样，有一个退伍军人，个人素质真不错，每一个小环节都是这个没有拿到号的人第一，而且他是自己找上门来的，只是他只有高中文化程度，只干过饭馆的采购员，可惜啊。

不可惜，这事我决定了，明天就通知他来上班。他所具备的品质并不是每个人都有的，那才是最好的素质，至于工作能力，可以慢慢学嘛！

一念之差

年初，是企业员工跳槽的高发季节，一是能拿的年终奖或红包已拿到手，二是对想换个环境发展的年轻人机会比较多。施展没有给自己留后路，去年领完最后一个月工资就辞了职，踏踏实实在家过了个安稳年。

过完正月十五，施展开始上招聘网上找工作，给几个条件不错的公司投了简历。施展去过三家公司面试，不是条件还不如原先的公司，就是专业不对口。

这天一家美国公司发来了邮件，让他星期三上午去公司面试。

施展先去理了个发，应试这天又刮了胡子，换了一身合体的深蓝色西服，打了条花格领带，皮鞋也擦得锃亮，当看到镜子里的自己时，得意地打了一个响指后出了门。

通过过五关斩六将，他顺利通过了一试、二试。公司的人事经理告诉他，他竞聘的这个职位，月薪可以拿到一万二。

这天总裁亲自面试了他，从总裁脸上的表情和言谈中他感觉到，总裁对他各方面的条件很是满意。施展刚走出总裁办公室，漂亮的秘书小姐温柔地说，施先生，总裁让您在外边等一会，他已决定聘用您，但还有话和您说。认识一下吧，我叫路小青，恭祝您能加盟本公司发展。

施展礼貌地握了握秘书小姐伸过来的那只柔软的小手，激动地说，今后还望路秘书多关照和指点。

路秘书笑着说，您客气了，说不定还需要将来您关照我哪。

路秘书把他领进了一间办公室，里边没人，路秘书说，你在这等一会，总裁叫您时我来喊您。路秘书轻轻带上了门。

施展目送路秘书出门后，欣喜若狂地使劲挥了下拳头。他想找个人分享此刻的心情，他掏出了手机，刚拨了几个数字，忽然看到了办公桌上的电话，他犹豫了一下，又向门口看了看，随手把手机放进了兜里。

施展又抬头向门口看了一眼，抓起了桌上的电话，拨完号，等了一会，他兴奋地说，哈路，亲爱的，告诉你一个好消息，我有更好的工作了，月薪一万二哪。

对，是一家美国佬开的公司。来，亲一个，说着对着话筒亲了起来，来，再来一个长的。

亲爱的，想我了没有？我不信，你在国外，可要经得住一切资本主义的诱惑，保护好自己。

……

他刚放下电话，路秘书就进来了。他心里暗自庆幸，好险啊。

路秘书好像换了一个人，冷冷地说，对不起，施先生，你先回去吧，总裁有急事要办，不见你了。

施展着急地问，路秘书，那我什么时候能来上班？

你等电话通知就行了。

他打电话时的一举一动，被总裁在监视器里看得一清二楚，这是公司面试应聘人员的一个秘密环节。

寒冬里的夏天

倒了二次火车、三次汽车，支荣终于被送给养的军用吉普捎到了目的地——丈夫睢乡所在的哈里边防哨所。

司机帮忙卸下给养，向睢乡做了个鬼脸，笑着说，睢排长，嫂子来一趟不容易，你可要好好——招待招待。

睢排长说，你小子——，吃了饭再走吧。

不了，中午饭前还能再赶一个哨所，要不到天黑也跑不完这几个点。

汽车走远了，睢乡和支荣互相望了一眼，都有些不好意思。

睢乡说，支荣，进屋吧，外边风大。

进了屋，支荣好奇地打量着屋内的一切。

睢乡倒了一杯水端过来说，你渴了吧，来，快喝点水。

支荣红着脸接过杯子，说了声，谢谢。

不一会，睢乡又拿过一块热毛巾来说，你擦把脸吧。

支荣脸又红了红说，谢谢。

沉默了片刻，睢乡想了想说，你一路上还顺利吧？

支荣想了想说，挺顺利的。

这儿条件差，让你受委屈了。

……

两人都觉得对方有点陌生。

他们结婚两年了，只是结婚时在一起呆了半个月，那是两年前的冬天。

吃了中午饭，睢乡说，支荣，你在家休息休息吧，我去巡线。

我不累，我跟你去巡线。

那好吧，拾掇一下咱们走，你多穿点衣服。

可天气一点也不冷呀。

这儿的天就像小孩子的脸，说变就变。

睢乡检查了下工具包，向里边放了些东西。两个人一起上了路。

在野外，支荣兴奋地跳起来，想去摸一下天，那天低的人伸手几乎能够得着，蓝的耀人眼睛，远方一望无际，人处在这样的环境里，心胸好像也宽广了许多。

见支荣高兴的样子，睢乡摇了摇头，笑了。他试了好次，见支荣没有反对的意思，才去拉起了她的手。

当两人天黑前快回到哨所时，天空忽然乌云密布，狂风大作，不一会，大雪就铺天盖地地下了起来。睢乡看了一眼像惊弓之鸟似的支荣，关切地说，别怕，有我哪，咱们就快到哨所了。

他把支荣的手握得更紧了。

支荣像个孩子，任由睢乡拉着向前走。

当两人回到哨所，外边地上的雪已有了膝盖深。

回到屋里，睢乡把炉子弄的旺旺的，做好饭两人吃了后，睢乡说，你们城里人爱干净，我给烧点水，你擦擦身子吧。

好的，不过，不许你偷看。

你把我当成什么人了。

支荣擦完身子喊他进屋时，看到眼前的妻子，他一下子惊呆了：妻子化了淡妆，脸上白里透着微红，真是好看啊。她上身穿着白色短袖上衣，下身穿着红色的短裙，脚上穿着一双时髦的松糕凉鞋，那做派，那形象，比任何模特一点也不差啊！

后来，妻子又给他穿了各式各样夏天的职业装、休闲装，还有一套夏天的新娘装，头型也换了许多花样。妻子每换一身衣服，都认真地一丝不苟，她的时装步走的别有韵味和风情。

睢乡如痴如醉地看着妻子的表演，双眼里涌满了热泪，他情不自禁地跑上去紧紧把妻子搂在怀里。

他写信给妻子说过，真想看看你夏天穿裙子的样子。

寒冬的边关哨所里，这一刻如夏天般盈满了温情和激情。

三叔是个精神病

从我记事起，三叔就少言寡语，目光呆痴，除了下地干活，经常在村里到处走动，有时还会自言自语。小孩子背后都喊他，精神病。

过了年，走亲戚串门的多，吃完饭没一会，村口北墙根就站满了人。每见走过一个穿着光鲜、长得好看的年轻女人，男人们的眼光都不够使的了，好像要看到人家衣服里、甚至骨头里去，有时三叔也在其中。等大部分人都收回了眼光，被看的女人走的看不见了，三叔的目光还在向那个方向望着，脸上露出一丝浅笑。

有人开玩笑说，张三，我知道刚才那个姑娘是去谁家串门的，去给你说说，让她给你当媳妇，你要不？

三叔不好意思地笑笑，低声粗声粗气地说，要，就怕人家不愿意。

三叔的回答，引来人们的一阵轰笑声。

小时候不懂事，每当上学或出门时，在街上看到三叔的背景，我就赶紧拐弯绕开。就是无意中碰上了，我也装着不认识似的，低头快步走开。没事时我就想，我怎么有这么一个精神病叔叔？叫人家知道他是我的亲叔叔，太丢人了。随着年龄的增长，越来越觉得有这么一个叔叔，使我在人前抬不起头来。

三叔的病时好时坏，好时，他什么话都懂，下地干活，吃饭睡觉，一切正常。犯病时，眼睛瞪的老大，稍不如意或说他句什么，他就大喊大叫，狂躁不安，看到什么砸什么，拿到什么摔什么。我的记忆里，家里吃饭的锅和吃水的水缸，都被他砸坏过无数次。你不让他发泄，他气的躺在地上，口吐白沫。许多村人跑到我家门口来看热闹，只要我在家，我总是怕难看，去把大门关上。

十岁时，我上三年级了，放学的路上，因为在学校运动会我跑了五百米的第一名，比我大两岁，上五年级的刘明铺说我，你再跑第一，你叔叔也是个精神病。

这话点到了我的痛处。

我想骂他，但不知道骂什么好。我憋得脸通红，突然转身用头向他撞去，他没有防备，向后退了好几步差一点摔倒，许多学生都围上来看热闹。

他也急了，上来就用拳头打我，我们两个打得不可开交，是后面上来的别的班的老师把我们拉开的，我的鼻子被打出了血。

由于我年龄小，体质弱，还是吃了亏，我哭着回了家。

爹娘问我，你和他为什么打架？

他说我叔叔是个精神病。

他愿说说去，你叔叔本来就是个精神病。

不，我不愿意人家说我们家的人是精神病。

奶奶要去找刘明铺父母说道说道，我爹说，算了，小孩子打架，说不定明天就又玩一块去了。

看爹这样说，我哭得好不伤心。

第二天，村里出了事，而且事出在刘明铺家，他家的马晚上死了。我暗自高兴，真是老天报应。

叔叔又犯病了，躺在床上不起来了。

他家的马死的也特别离奇，有人从马的屁股眼里捅进去了一根大木棍子。

没两天，叔叔被公安局的人抓走了。

到那一检查，他的胸肋骨断了二根，那是被马踢伤的。

公安局的人问，你为什么弄死人家的马？

叔叔说，他欺负我侄子就不行。

二个月后，叔叔被放了回来，他因有精神病史，没有被判刑。

放学回到家，我主动投进了叔叔的怀抱。

谁的葬礼如此隆重

平平常常的一个日子里，有人突然发现，收废品的哑巴老汉好久不见了。几乎整个小城的人都知道，城西的一家工厂附近是他的根据地。至于那家工厂是干什么的，谁也说不太清。

一位上了岁数的人回忆说，从我记事起，他就在这一带收废品，那时他看上去人虽然年轻，穿的却永远没见干净过。他虽然不会说话，但脾气并不好。有一次，他在工厂门口为收一堆废旧资料，差一点和另一个收破烂儿的打起来。那个收废品的人又高又壮，气势汹汹的样子，但他一点也不害怕，一边呀呀地叫着，一边使劲地用手比划，众人见他是个残疾人，把那个大个子劝走了。人家走后，他还不依不饶地呀呀着。他十多年没换过地方。听说他从没成过家，更没有后代。人们更不知道他的家在哪儿。

有一天，一个戴着帽子的人在工厂附近走来走去，哑巴躲在一个角落里紧张地看着他。过了一段时间，见那人没有离开的意思，他突然呀呀地大叫着走了出来，他用自己那双几乎辨不清什么颜色的手去拉对方，那人气急败坏地把他甩开，他的鼻子被摔破了，他不管不顾，依然呀呀地大叫着。那人一边躲着他，一边有些心虚地骂到，你神经病啊，拉我干什么，我又不认识你。这时附近的一个人跑上来说，亚东哥，我们这儿不好找吧，让你久等了，他是我们这儿的一个哑巴，收破烂儿的。那人指了指自己的脑袋说，他这儿有问题。转脸又对哑巴说，哑巴，快回去洗洗吧，对不起啊！放心吧，他不是来抢你地盘的，他是我姑家表哥，来我家串门的。

哑巴特敏感，好像身后也长着眼睛，这一带一有陌生人出现，他就会警觉起来。

每天，哑巴都早早地起床，在厂子外不远处的垃圾堆里仔细地寻找着什么。有起早的人路过垃圾堆，看到哑巴跪在那儿，细心又着急地翻找东西的样子，好奇地问，哑巴，丢失什么值钱的宝贝了，是不是你的金戒指丢了，急成这样？哑巴要么不理不睬，要么抬起花瓜似的脸，向来人龇牙笑笑，继续干活。

终于有一天，哑巴在没人的时候给厂里的保卫处送去了一样东西，脸上像捡了个金元宝似的高兴了一回。

有几个人晚饭后闲得没事，就跟着哑巴到他的小屋去转转，看到那间别人放柴草的废弃的小屋，里里外外放满了他捡回的各种破烂儿。他一边给垃圾分类，一边警惕地看着来人。有人说，放心吧哑巴，你不用这样防着我们，我们不会抢你这些宝贝的。他向来人龇牙笑笑，继续自己手里的活计。他对废品的分类特别细致，废铁、塑料、纸箱、纸张、木块、电线、废旧模具、各种各样的小零件等等都放得井井有条，特别是对纸片和旧纸张，翻来覆去看得更是仔细。有人开玩笑说，哑巴，看你这么认真的样子，你是真识字还是假识字，不是装什么斯文吧。听了这人的调侃，同去的几个人都大笑起来，哑巴也跟着笑了。

人们已习惯了他的存在，有废品几乎都给他留着，钱多点少点无所谓。

有好心的人去他的小屋里找过，东西什么也没少，人却不见了，他去了哪儿呢？

失踪了？走迷路了？被人害了？

有人报了案，公安局来人查了半天，也没查出什么有价值的线索来。

人们经常这样教训自己的孩子，你再不好好学习，长大了只能和哑巴一样去收废品，捡破烂儿。但自从他不见后，再没有人说出这样的话。

五年后的一天，小城突然热闹起来。

听说有一位有身份的人的葬礼要在小城举行。人们传来传去，议论这个人物到底是谁。人们的记忆中，这个小城好像没有出过名声显赫的人物。

哑巴实际上是有家室的，他有媳妇和儿子。

拾荒人的梦想

由于在全国解放前后，敌情还很复杂，国民党的很多特务还潜伏在国内的很多角落。他被组织安排到了一个特殊的岗位，以收废品的名义，防止这个军工厂的一切有价值的东西泄露出去。

为不暴露自己的身份，他十年多没有和家里联系过，家乡的政府也不知道有他这样一个人。

家人都以为他死在外面了。

他唯一的儿子得重病死了，接着他媳妇疯了，走失了再也没有回来。

听到乡亲们的讲述，他心里难受极了。

他在儿子的坟前语重心长地说，儿子，爸爸对不起你，对不起你妈。当时部队了解情况，问谁家里无牵无挂，我想肯定是有重要任务要安排，就撒谎说，我家里没一个人了。最后部队安排我去了那个小城。爸爸是部队上的人，执行命令是军人的天职，舍小家是为了国家这个大家啊。你不知道爸爸这些年是怎么过来的，爸爸也是人，也有七情六欲，爸爸天天盼着夜夜想着回来和你们团聚。实际上，小城和咱家只有两座山的距离啊……

他在儿子的坟前整整坐了一天，把和儿子这一辈子没说上的话都补上了。

那天的小城，真的可以称得上是万人空巷，机关、工厂、学校都组织全体人员上了街，连同普通老百姓，街上是人山人海。

要在小城举行葬礼的人物，就是在城西收废品的那个哑巴。当大家差不多要把他忘记时，他又以这样的方式回来了。

他是有名字的，他叫回大喜，他也不是哑巴，他会说话。死前他在部队的军衔为大校，行政12级。他咽气前，对组织上的人说，我的所有工资都替我交党费吧。他还试探着问身边部队上的人，能让我穿着军装照张相吗？

部队上的人含着泪说，当然可以，因为您自始至终都是一名出色的军人，您最有资格穿这身军装。

部队首长当场吩咐部下拿来了一身军装，亲手给他换上。

当年轻的上级首长握着他的手，问他还有什么要求时，他想了想说，真想再回那个小城看……话没说完，人就走了。脸上留下一丝不舍的笑容。

　　还记得多少年前，他着急地从垃圾堆里寻找东西的样子吗，原来当时工厂里一块新款的造枪模具丢了。

　　省里的领导来了，部队上的首长来了，在小城人的心中，那天的仪式无比隆重。

　　载着他的车，在小城里的大街小巷中缓缓走过。

　　人们簇拥着他的灵车向前走着，视线一刻也不想离开。

　　每个人的脸上，都无声地流着热泪。

　　那一天，是他的葬礼，又像是小城的节日。

想和大楼照张相

　　元旦过后，天气一天比一天冷。再呆十多天，工地停工，就要回家了。

　　这天，民工山娃偷偷跑到了他过去干活的工地——那儿已经是一个现代化的小区。

　　走近小区，他看门口有保安站岗，脚步一下子迟缓下来。三年前，进驻工地时，这里还是一片平地。他们住在自己搭起的简易工棚里，夏天热不说，成群结队的蚊子，简直想把人身上的血喝净；冬天，寒风简直能吹进人的骨头缝里去。一栋栋大楼在他们的辛勤劳作下，像拨节的麦子长高了。

　　他心中生出要来照张相的想法还是好几天前，那天，他和老家的对象小慧通电话，他说：小慧，我快回家了，给你买了一件羽绒服，可漂亮了，又厚又软和，你肯定喜欢。小慧小声说，你瞎花钱干什么，我不缺衣服穿。他说，你还需要点什么？小慧想了想说，你们干的那工程完了？他得意地说，早完了，那个小区建的可漂亮了，人家城里人已经住进去了。小慧说，我不信，你净好吹牛。要不你去站在楼前照张相拿回来，到时候人家问起你在城里干什么，我也可以拿出来给他们看看。他高兴地说，行，听你的，哪天我去照张相带回去。

　　下车后，他一边走一边想着心事。走到了那个小区的大门口，他笑着对保安说，兄弟，我原先在这个工地上干活，想进去站在楼前照张相作个纪念。那个保安上下看了他好一会，冷笑着说，想进去？他说，想。保安不冷不热的说，惦记上这儿了？他说，对，我进门照张相，马上就出来。保安说，这个院里有你认识的人吗？他想了想，艰难地笑笑说，没有。保安说，你有出入证吗？他说，过去有，是施工队统一办的，工地撤走时交回去了。保安又上下打量了他一阵说，别在这儿和我费口舌了，看你穿的干干净净的，哪像个民工？想从我这儿混进去，你就死了这条心吧。

他想解释什么，看保安的脸色很难看，把想说的话又咽了回去。他转身向回走。他在小区周围转了好久，也没有找到一个合适的角度能照张相。没办法，他悻悻地向来时的车站走。因为自从接受了慧子叫他来和大楼照张相的光荣任务后，他心里一直很兴奋。为今天来照相，昨天他洗了澡，理了发，早晨又换上了回家才肯穿的体面衣服。没想到保安说我穿的不像民工，难道我们民工就不能穿件干净衣服？

走到车站，他心有些不甘，和大楼照不了相，回去怎么向小慧交代。他也想过，找个别的楼照个相算了。但那弄虚作假的事他自己都接受不了，况且是承诺女朋友的事。

他又迟迟疑疑向回走，走到他要进的小区门口，看到看门的保安换了，他心里一阵窃喜。他问保安，兄弟是哪儿人呀？小保安笑着说，我听出来了，你是山东人吧？他提高声调说，兄弟，你真厉害，俺是山东人，你一下子就听出来了，你也是山东的吧？保安说，我是山东菏泽的，你是？他说，我是肥城的，咱们老家离的不远。两个老乡聊得很投机，当他说明了来意，小保安打电话喊来了一个人，对那人说，你替我盯会岗，我去帮老乡照张相。对了，你没带相机吧？他掏出手机晃了晃说，用这个就行。保安老乡说，这个照出来效果不好，走，跟我去拿相机。

跟着保安老乡走进了地下室他们的宿舍，刚才还和老乡有说有笑的山娃呆住了，刚才不让他进门的那个保安也直愣愣地看着他。那个保安突然站起来说，楚天胜，他没有这个小区的任何证件，你不但放他进来，还把陌生人领到我们宿舍来？保安老乡看看这个，又看看那个说，怎么，你们认识？山娃点了下头，又摇了摇头，脸上努力挤出一丝笑容来说，不好意思，刚才这位大哥的岗时，我要进来，他不让进。我走到车站了，不甘心又回来，结果碰上了你。保安老乡说，他是我老乡，原先在这儿盖楼的，他老家的女朋友说，想看看他在城里参加盖的楼什么样，他想和楼照张相。我说手机照的效果不好，找人替一会岗，回来拿相机帮他去照。那个保安不依不饶的说，你随便向里放人，丢了东西怎么办？山娃拉了下保安老乡的衣服说，对不起，要不我走了，不照了，省的给你添麻烦。保安老乡对他说，没事，你别管。他转身质问道，你有什么牛皮的，不就来自个小县城，有本事你去告诉队长，老乡这个忙我帮定了。

山娃离开时，眼里含着泪，紧紧握住保安老乡的手说，谢谢兄弟，我真是遇到好人了，这事不会对你的工作有影响吧？保安老乡笑笑说，这点小事，不值一提，照片我给你洗出来，你后天来拿吧。让他告到队长那试试，他是后来的，可能不知道，保安队长是我舅舅。

山娃离开时的步子轻快了许多，他不但和大楼照了相，还认了个好老乡。

捡废品的老人

　　一帮工人在清理城乡结合部的一条臭水沟，几个穿皮衣的人把在臭水中堵水用的沙袋子提出水面，递到站在沟边人的手里，一个个传到沟边上，四周弥漫着一股刺鼻的腐臭味，工人们却有说有笑，干得很起劲。

　　这时，一对老人站在沟边向下看了看，眼睛落在了沟边的那堆沙袋上，两人嘀咕了一阵，男的又站回了沟边，他试探着问：同志，这些袋子你们还要不要？几个人停下了手中的活计，一个叫永强的小伙子说，你要那脏袋子干什么？那老人有些不好意思，笑了笑说，要是还能装土，洗洗一个能卖五毛钱。

　　大家看着沟边的老人，他有七十多岁的样子，戴着一顶白色的帽子，帽沿拉的很低，背有些驼了。身后的老太太个子不高，戴着一副近视眼镜，很慈祥的样子，两个人都穿得很普通。永强问沟边穿的比较干净些的那人：水根，这些袋子没用了吧？不要就让他们捡吧。

　　水根是他们的工头，他们都是水根从农村老家带出来的。

　　没用了，你们想要就捡吧。看到他们，水根想起了在农村生活的父母。这么大岁数了，还出来捡废品，想必家境也不会好到哪儿去。

　　他好奇地问，大叔，你是这城里人吗？

　　不是。咱们是老乡，你们也都是山东的吧？

　　你能听出来？你也是山东的？你是山东什么地方的人？

　　我们是东阿县的。

　　我们是高唐的。

　　哈哈，我们都是老乡啊，而且老家离的还这么近。

　　你们都这么大岁数了，还出来捡废品，孩子们不管啊？

捡点卖掉就够吃饭的。老人答非所问。

一连几天，两位老人都来这沟边捡袋子，男的倒掉袋子里的沙土，女的拿到一个水坑旁涮一涮，再晾到一边去。

有时歇息时，永强走上去，帮老人倒几个袋子出来。两位老人忙说，谢谢你，小伙子，您干活多累啊，快歇歇吧，我们这个没多少。

中午工人们回去吃饭时，有人喊，大叔、大娘，跟我们去吃点饭吧。

不用，不用，谢谢你们，你们都这么好心眼。

吃饭回来的路上，永强捡回来了两个饮料瓶子扔给了老人。

清完了沟里的垃圾，工人们扒掉了沟边半人高的砖墙，这时有车拉来了新砖和水泥沙子。

那捡袋子的大叔走到水根身边问，老乡，这些旧砖你们还要吗？

水根犹豫了一下，说，应该没用了吧。

那我们捡了。

水根看了看眼前的旧砖，又看了看不远处的新砖垛。像下了决心似的说，你们捡吧。

两位老人又开始捡砖，弓着腰，用个破刀把砖两面的水泥沙子砍掉，一块块码起来。天黑下来了，工人们收工时说，大叔大娘，天都黑了，你们还没吃中午饭，早点回家吧，明天再来。等工人们走了，他们又干了一会，两位老人才离开。临离开时，那位大叔还蹲下来把砖大致数了一遍，脸上露出了满意的表情。

第二天，工人们在干活，两位老人正在捡砖，这时一辆小车停了下来，从车上走下一个中年人，水根忙迎了上去，华经理，您来了。那中年人看了看沟里，又扫了眼干活的工人，眼睛落在了远处捡砖的两位老人和他们身边的旧砖垛上。

华经理问，他们是哪儿的？不是咱们的工人吧？

水根吞吞吐吐地说，不是咱们工人，他们是捡废品的，他们问我还要不要这些旧砖，我看他们挺可怜的，再说要这些旧砖也没大用了，就让他们捡了。

你倒挺大方啊，旧砖为什么不能用，可以和新砖掺着用嘛。华经理上车，咣的一关车门走了。

155

水根点上一根烟，心里骂道，奶奶的，有什么了不起的，等找到了好点的活，老子还不侍候你了。

他走向两位老人，装出笑脸说，大叔，我们领导来了，说我们这儿不安全，让把你们捡的砖买回来，不让你们再在这儿捡了。你这砖，买多少钱一块啊？

好像都是卖三毛吧。

两毛五吧。

怎么，是不是刚才来那人说什么……

不是，我们这些新砖不够用，我们想买下你这些旧砖，省得再去拉，费劲。

要真是你为难，那就算了，就当我们锻炼身体了。

不为难，你这一共多少块砖啊？

老人数了一遍，说，一千一，你再数数？

水根一边算账一边掏出兜里的钱数了数，不用了，我还能不相信老乡？他走到远处，从一个工人那儿借了点钱回来，对老人说，大叔，这是二百六十块钱，多少就这些了，您拿着吧。

我替家乡的孩子们谢谢你们了，我给你说实话吧，我和老伴在老家都是退休教师，女儿把我们接城里来住，天天在家看电视没意思，我就和老伴商量，等他们上班走后，瞒着女儿和女婿出来捡废品，卖了钱寄给村里的小学，让学校给孩子们改善下学习环境。昨天刚寄走了二千块。

水根上去握着老人的手说，敬佩，敬佩，大叔、大娘，你们都是好人哪。

刻在白纸上的遗言

　　这天下午，在汉旺镇东汽中学高三二班的教室里，17 岁的姜栋怀正在和全班同学一起上作文课，谭老师说，作为一个人，一定要学会感恩，或许你的父母只是个普通的农民，从小没给你提供多么优越的生活条件，肉没吃过几回，新衣服没穿过几件。但，是他们给了你生命，是他们把你带到这个世界上来，这就够了。他们从小把你养大，供你上学，吃尽了多少苦，受尽了多少罪。

　　姜栋怀想起了自己的父母，父亲一米五八的个子，人瘦得大风都能刮跑，母亲有哮喘病，时常喘不上气来，他们到浙江的一个工厂打工四五年了，为了省路费，他们连春节都不回来过，为的是给他将来上大学攒学费，还不到四十岁，他们的头上都有了不少白发。

　　谭老师问，长这么大了，在家里给父母洗过一次脚的，请举手。

　　全班寂静无声，但没一个人举手。

　　姜栋怀脸红了，许多同学脸都红了。

　　姜栋怀学习不错，他的理想是等将来大学毕业了，挣钱后在城里买套大房子，把父母接来一起住。

　　他爱好篮球，17 岁长到了 1 米 85，他是校篮球队的队长，他羡慕姚明在 NBA 打球，不但能为国争光，还能挣很多钱。

　　谭老师说，今天的作业就是，回去给父母洗一次脚，写一篇感恩的作文，题目自……

　　这时教室开始摇晃，灯管掉了下来，放在课桌上的书本、笔掉在了地上。谭老师喊：是地震，大家快向楼下操场上跑。

　　前边的同学大部分都跑出去了，座位在后排的姜栋怀站了起来，有几个才开始吓呆了的女同学刚走到门口，楼顶的楼板开始塌落，门也倒了下来。谭老师说，快，同学们，到我这儿来。剩下的几个同学被谭老师抓过来塞到了讲桌下面，谭老师最后喊，姜栋怀，快趴下……整栋楼片刻间全部垮塌。

不知过了多少时间，昏迷中的姜栋怀突然有了一点意识，他觉得口干舌燥，呼吸困难，饥饿难耐，但最可怕的还是黑暗中的恐惧，他感觉到死亡之神就趴在自己的身边不肯离去。

他想对爸妈说，爸爸，妈妈，我白吃了家里这么多年的饭，将不能来孝敬你们了，不能报恩了。儿子不懂事，过去惹你们生了那么多的气，儿子后悔啊！

他还想，上路时，但愿父母亲能给他穿上那身央求了好几次才给买的，还没有穿过一次的新运动衣。

几天后，人们从废墟瓦砾中扒出了他。爸爸从他手里发现了一张白纸，纸上看不到一个字迹，但仔细摸，就会感觉出一道道深浅不一的划痕。

爸爸把白纸在眼前铺平，在阳光下仔细辨认，透过光线的折射，才可以看到一行用指甲划出来的"字"：爸妈对不起你们要好好活儿子姜栋怀。

在天堂里，谭老师对穿着一身新运动衣的姜栋怀说，我塞桌子下的那几个学生都得救了，老师最对不住的就是你了，你放心，在这儿，我还让你当篮球队长……

保姆和主人

秀铃又剥了一个大虾放在主人的小碗里，小碗里总共已经有三个大虾了。她笑着说：你怎么不吃，攒一块吃啊？

主人不说话，眼睛盯着她。

快吃啊，凉了就不好吃了，听话啊。秀铃慢声细语地说。

主人终于说话了，凭什么我吃，你不吃。

这是好东西，那么贵，我吃了浪费。再说，你的身体需要营养。秀铃给她解释。

我不管什么营养不营养，只要你不吃我就不吃。主人还是不动筷子。

你这人怎么这么不讲理？

你才不讲理哪。

再不吃我可生气了？

我已经生气了。

好，好，我也吃行不行？说着又剥了一个大虾，来，咱们都吃。

主人拿起筷子，夹起了一只大虾，塞进了嘴里。

秀铃把手里的大虾放进了碗里。

主人把嘴里的大虾又吐了出来，说，你别想骗我。

唉，真拿你没办法。

……

主人是个八十八岁的老太太，主人的一双儿女都在国外，很少回来。

秀铃来这家已经8年了。头几年俩人经常吵架、生气，刚来那年秀铃才十八岁。

前年吧，过年前她和主人商量，奶奶，我得回家一趟，家里有事让我回去。我去保姆公司再给你找个人来。

父母来电话催了好几次了，说你也老大不小了，人家和你一般大的都结婚生孩子了。你姨给你介绍了个教师，你回来见见面。

老太太说，你不能走，你走了我怎么办？我用谁也不放心。

奶奶，求求你，你放我走吧，我家里真有事。

有事让他们来这儿说，我出所有费用。

我又没把自己卖给你？

反正你不能走，你要真走，就带着我一起去。老太太笑着说。

没办法，她没有回成家。

老太太突然病重住院，秀铃给老人的儿子和女儿都打了电话，他们都很快赶了回来。老太太临走时，拉着秀铃的手一直没有松开。

处理完老人的后事，老人的儿子和女儿对她说，妈妈留下了遗嘱，这套房子，还有30万的存款都给你。我们尊重老人的意思。你替我们尽孝了，我们每人再给你10万元。

秀铃哭着说，大哥，大姐，谢谢你们，房子和钱我都不要。我有个小小的要求，不知你们能不能答应我？

他们说，有什么要求，你尽管说，只要我们能做到的。

让我带走奶奶的一张照片行不行？

报　销

局里下了文件，为了节约开支，除有特殊情况领导特批外，今后凡正科以下的出门办事，一律坐公交车，坐公交车不方便时可以打车。车票一个月报一次。

这天，正好是头个月报销车票的日子，财务室里站了不少人，大家说说笑笑很是热闹。张彬报了四十块钱，听有人说，本科的柴副科长竟报了二百多块钱。张彬想，这不可能，俩人在一个办公室呆着，他一个月出去几趟都数得上来。但人家领导签字、财务核算都过了关，钱已领到了手。

回到家，张彬除告诉家人今后把坐车和打车的票都留着外，出门还多了个习惯，爱向地下看。看到公交车票或出租车票，看看左右没人就弯腰捡起来。又快到月底了，他数了数自己攒下的票只有70多块钱的。这个星期天他骑车来到离家很远的一个公共汽车中转站，把车子放在一边，进了车站。他每发现一张车票或一个纸团，总是先环顾一下四周，再弯腰去捡。有一次，他刚看到一个纸团，想弯腰去捡，女同事胡晓喊他：张彬，你要出门去哪儿？他尴尬地向漂亮的女同事一笑：我去舅舅家，你也出门呀。他心里好后怕，好险啊，让她看到自己捡车票，那今后在单位还怎么做人。

找领导签字时，领导什么也没说，只是随便翻了翻就签字了。领导一边签字还一边表扬他，小张，最近工作表现不错，要继续努力啊。这个月车费，张彬报了一百二十元钱。

这天，司机打电话回来说，柴副科长被车撞了。

被撞的理由在单位传得沸沸扬扬：车在一个路口等绿灯时，柴副科

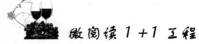

长打开车窗向车外看，好像发现了什么东西，他想开车门下去捡。司机忙说，柴科长，不能下去，这样危险。

柴科长又向地下看了看，终于没有听司机的话，打开车门下去了。有人说，他从地上发现了一个戒指；也有人说，他的手机掉下去了。事实是，他看到了一张出租车票，那天风很大，他下去捡时，出租车票被风吹跑了，他去追，结果被别的车撞了。听说他的左腿保不住了，得截肢。

领导通知财务，仔细查查报过的票据里有没有什么问题？

不查不要紧，一查真是花样百出，有人报的出租车票是前年的，有人报的公共汽车票是外地的（本单位人员没有出差事务），还有人报的票中，两次坐出租车时的时间是相同的，有的上面沾有痰迹，有的揉了千疮百孔，更传奇的是，还发现了一张外国车票……

 **母　爱**

老公上班走后，超凡挺着个大肚子打扫完卫生，她脑子里突然冒出了一个想法，她想坐车去一趟城里，给将要出世的宝宝买几件小衣服回来。想到这儿，她心里荡起了一股幸福和甜蜜的感觉。

她穿好衣服下了楼，刚走到车站，进城的那趟公共汽车就来了，上车时一个中年妇女搡了她一把，她刚上来，售票员就喊，哪位乘客给这位女同志让个座？售票员的话还没说完，一个小伙子就站了起来，她连声说，谢谢。

车走了几站，上来了好多人。车正跑着，车的中部开始冒烟，大家一阵惊呼后，有人开始咳嗽，有人捂着鼻子，售票员忙大声喊道，赵师傅，赶紧靠路边停车吧，车出事冒烟了。

司机还没把车停靠到路边，车上的浓烟已变成了火苗，越燃越大。大家惊惶失措，都喊快停车，快停车。

这时浓烟充满了整个车厢，眼前什么也看不见了。车门打开后，人们拥挤着向前移动，有人见车门人下得太慢，拉开窗口向外跳。超凡用双手捂着鼻子，她心里后悔极了，真不应该自己出来，自己受点罪没什么，肚里的孩子可别有什么闪失。

汽车里的火越着越大，超凡终没有来得及逃出来。当消防车来后扑灭大火，把她从车里抬出来时，许多人都以为她被烧死了。她被送到医院后，医生们看到的是一个炭人。

她从昏迷中睁开了生疼生疼的眼睛，她心里想，我还活着，我肚里的宝宝平安无事就好。

她需要动手术，而且要动多次手术。当医生准备给她打麻药时，她问，打麻药对我肚里的孩子有影响吗？

医生说，你现在都这样了，还考虑什么孩子，先保你自己的命吧。

她咬着牙说，不，我要孩子，医生，求求您，一定要保住我的孩子，我不打麻药，我能忍。

无论医生和护士们怎么劝说，她就一句话，求求你们，保住我的孩子。

给他做手术时，医生让护士给了她一块毛巾咬着，她全身都烧黑了，虽然看不到她脸上的痛苦表情，但她全身痉挛，医生护士们能想象得到，她有多疼痛。头一次手术用了四个多小时，整个手术下来，医生和护士们的眼里都盈满了泪水。

她好像死过去了一回。

第二次手术时，医生对她的丈夫说，这样的痛苦，男人也受不了，别考虑孩子了，给她用麻药吧。

她的丈夫劝她，超凡，咱打麻药吧，孩子今后咱再要，有的是机会。

她说，刘波，我就要我们的这个孩子。

她又咬着牙第二次上了手术台。

到五十天后孩子要降生时，她已经做了五次手术，她没有吃一颗药片、打一针麻药。

生孩子时，为了使劲，她全身的伤口都裂开了，血水浸透了她身下的床单和褥子，孩子出来后，她又一次昏了过去。

谁都难以理解，过去那么一个弱不禁风的女人，一下子怎么变得这么坚强；谁又都可以理解，这是母爱的力量。

当她醒来看到护士手里抱着的婴儿时，她心里笑了。

进城去看孩子

冯明俩口子想孩子了，就又进了城。他们买了不少儿子吃的零食，偷偷摸摸跑到东城光明小学前，等到中午，趁学生放学的时候，盯着放学的队伍寻找一个陌生的身影。

你看，那个戴墨镜的女孩像吗？冯明爱人说。

嗯，像。

咱叫住她吧，什么也不说，就把这些吃的给她。

怕她不要。再说她回去给大人一说，人家会不会想到是咱？冯明想了想说。

那，咱就去她家。女人着急地说。

虽然人家答应过，咱随时可以去看孩子，但这段时间咱已经去过三次了。老去，对孩子的成长不利，咱这样看看就行了吧。

那个戴墨镜的女孩离他们越来越近了，他们俩都有些激动，眼里有眼泪溢出。两人都擦了下眼睛，目不转睛地盯着女孩的一举一动。

这时，女孩好像回头看了他们一眼，那一刻，女人真想把女孩拉进怀里抱一抱。

女孩越走越远了，俩人还盯着女孩的背影看，两人甚至跟着女孩的脚步走了一阵子。

冯明突然说，她心里知道咱来看她，戴个墨镜，是不是怕咱们认不出她来？

是呀，她走过去后，还回头看我们了，她是不是怕我们看到她伤心啊。

俩人刚才还说的很兴奋，不一会，俩人又都沉默了。

儿子病重时，无数次的对他们说，爸爸，妈妈，我还想上学，我不想死，我不想死啊！

爸爸说，儿子，爸爸无能，救不了你，爸爸对不起你。

妈妈说，儿子，妈妈也不想让你走啊，可现在的医学救不了你，假若妈妈用自己的命能换回你的生命，妈妈心甘情愿地和你换。

看着八岁儿子绝望的眼神，他俩的心都碎了。

儿子离开世界的日子越来越近。这天，冯明对妻子说，我想和儿子商量一下，等他走后，把他的心脏捐给别人。他人虽然走了，但他的心还活在这个世界上。

才开始，当妈妈的死活不同意，细想想，他爸的说法也有道理。

给孩子谈时，他俩一人抓着儿子的一只手，说出那话时，比向他们心上捅刀还难受。听了他们的话，儿子还是有气无力地说，爸爸，妈妈，我不是你们抱养的吧？我想活着，我不想死，我真的不想死。儿子的眼泪盈满了眼眶。

再一次谈时，更是艰难。看着儿子乞求的眼神，俩人谁也开不了口。

但最后儿子好像还是理解了他们的用意，点头同意了他们的想法。

那个戴墨镜的女孩身上，装着他们儿子的心。

都是为了爱

仲秋的一对女儿同时考上了省城的大学，接到通知书后，全家人高兴了没几天，愁容又爬上了仲家人的脸。老太太有病卧床好几年了，没断过吃药。家里刚盖完房，又拉下了不少账。现在两个女儿要去上大学，光学费一年就得一万多。

仲秋这几天吃不好，睡不香，又不能在老太太和孩子们跟前表现出来，所以一出家门就叹长气。这天，他照常天不明就起来骑车向镇上赶，他在镇上建筑队干活。走到半路下坡时，自行车突然刹不住车了，他连人带车一下子摔进了路边的沟里。他惊魂未定地爬起来，索性坐在沟里吸了两支烟。他想，再怎么难，也应该让两个孩子上学，考不上没法说，考上了，不让哪个上，孩子将来不抱怨当父母的一辈子。想想村里谁家能借出钱来？不行的话，还是舍下老脸给工友们张口借借试试吧。这节骨眼上，老太太也凑热闹，说睡不好觉，天天得吃安眠药才能睡着觉。等天亮了一看，两只手背都擦破了，左腿上也掉了一块皮，但自己一点也不觉得疼。

晚上，大女儿秀珍说，爹、娘，你们也别再为钱作难了，我想好了，让秀华去上学吧，我去广州打工，挣钱供她上学。

小女儿听到了，进来说，爹，娘，让我姐去上学吧，她学习比我好，我留在家里帮你们干活。

人家考不上还想上，咱考上了为什么不上？都做好准备去上学，等你们将来上好学，挣了大钱，好来养活你奶奶、你娘和我。都不想上了，是不是想早点找个婆家，自己去享福，不管我们的事了？仲秋笑着说。

两个女儿眼里含着泪，撒娇说，爹，我们不是你那样想的，你冤枉好人。

不是这样想的就好，你们都别瞎想了，这不是你们考虑的事。

这天，奶奶喊，秀珍，你过来。

奶奶，什么事？

奶奶摸索着从枕头下拿出一个东西，放在秀珍的手里说，珍，这是我出嫁时，我母亲给我的。你看奶奶现在这个样子，也戴不了这东西了。本来奶奶想留着，等你或你妹出嫁的时候再给你们哪一个。可现在你们上学缺钱，你爹他多着急。

奶奶放在她手里的是一枚黄灿灿的戒指，上面镶嵌着颗深绿色的宝石。

秀珍说，嗯，真漂亮，奶奶。不过，你自己留着吧，过年的时候您就戴上。

那天你们在隔壁说话，我都听到了。奶奶求你，不要告诉你爹和你娘，去外边卖了，卖多少钱是多少钱。

我可不去卖，叫爹知道了，不打死我才怪。

你卖了回来把钱给我就行了，就装什么也不知道。

秀珍想了想说，奶奶，还是您自己放着吧。她压低了声音说，这么好的戒指，您给我留着，等我结婚的时候再给我，行不？

没几天，秀华上奶奶屋里来，奶奶摸索着从枕头下拿出一个东西，放在秀华的手里说，华，这是我出嫁时，我母亲给我的。你看奶奶现在这个样子，也戴不了这东西了。本来奶奶想留着，等你或你姐出嫁的时候再给你们哪一个。可现在你们上学缺钱，你爹他着急。

奶奶放在她手里的还是那枚黄灿灿的戒指，上面镶嵌着颗深绿色的宝石。

秀华说，嗯，真漂亮，奶奶。还是你自己留着吧，过生日的时候，您就戴上。

那天你们在隔壁说话，我都听到了。奶奶求你，不要告诉你爹和你娘，去外边卖了，卖多少钱是多少钱。

我可不去卖，叫娘知道了，可饶不了我。

你卖了回来把钱给我就行了，就装什么也不知道。

......

不长的时间里，老太太又让两个孙女给买了好几次安眠药。

八月十五晚上，老太太的精神出奇的好，她把全家喊到跟前说，来，珍她娘，你给我梳梳头吧。仲秋媳妇开始给老太太梳头。老太太接着说，仲秋，你爹走的早，娘瘫了这么多年了，你一个人撑着这个家过日子不容易。还有珍她娘，这么多年，对我可真是比亲闺女还亲，人家说，久病床前无孝子。可你给我端屎端尿，从没有嫌过脏。两个孙女，小珍小华，人家结婚给两块糖，还都攥回来给我吃，我不吃不愿意。多好的两个孩子啊！

不过，人都有老的那一天，到时候我真走了，你们不要难过，真的都不要难过。把咱家的日子过好了，我在那边也高兴。

仲秋说，娘，大十五的，你说这些干什么？你说点高兴的。

仲秋媳妇说，娘，是不是我们哪儿做得不对，还是小珍、小华惹你生气了？

老太太笑着说，不说了，不说了。也没人惹我生气，这不是一家人拉拉家常嘛。好了，我困了，要睡觉了，你们也都去睡觉吧。

第二天早上，小华给奶奶端饭进来，见奶奶脸上带着笑容，她心里想，奶奶做什么好梦了吧。

她摇奶奶吃饭时，奶奶却再也没有醒来。

处理完老太太的后事，仲秋媳妇从婆婆屋内的一个角落里，发现了一个小布包，一层层打开，里边是一枚黄灿灿的戒指……

炸鸡腿的滋味

每天早晨上班，到洗手间涮茶杯，经常碰到保洁员在搞卫生间或楼道里的卫生，其中有一个保洁员很消瘦的样子，但干活却很是利索。见到任何人都用不太标准的普通话问一句，您早！

每天在食堂吃免费的午餐，她总是爱躲到角落里去。时间长了，大家发现，不论配餐的是什么水果，她从来都没吃过。吃完饭就装进了兜里，或用手攥着离开了食堂。不仅是水果，每个星期五的炸鸡腿她也从没吃过，身边有人吃饭时，她就吃的特别慢，等人家走了，她看看四周没人注意她，用餐巾纸包了鸡腿就走，脚步很快，像做贼似的。

写字楼的许多员工是独生子女，他们看不惯这些的。太小心计了，自己吃别的吃饱了，把好吃的或能带走的带回家。

他们大手大脚，特别是女孩子们餐盒里的炸鸡腿，很多人吃一两口就扔掉了，看上去就感觉到很是可惜。

她的眼圈时常是黑的。有人说，一个打扫卫生的，还描什么眼圈？我心里总是为她鸣不平，就兴你们臭美，不兴人家化一下妆？有一次在楼道里碰上她，我试探性地问，大姐，你是不是晚上总睡不好？她抬起头看了我一眼，努力笑了笑说，你的眼睛真厉害，我晚上一点之前没睡过觉，早晨五点就得起床，给孩子和她爸做饭吃了，把女儿送去学校，就骑自行车向这儿赶。我说，不让你丈夫送孩子上学，你也好轻松点。她一边拖地一边说，他呀，能帮我送孩子上学就好了。他头两年在一个建筑工地上打工时把腰砸坏了，病没看好包工头就不给掏钱了，没办法只能回到租住的房子里来躺着，屎尿都在床上，我中午饭后赶回去一趟，给他简单弄点吃的，给他换换屎尿床单。晚上我去一户人家干两个小时的活，回家再洗涮脏床单和他们父女俩的衣服。不敢让干活的那户人家知道我家有一个这样的病人，要不人家会嫌脏，不用我了。现在那个缺德的包工头找不到了，丈夫吃药，孩子上学，家里的一切只能全靠我自己。我同情地说，没想到，你的日子过得这么苦，真不容易。她叹了口长气说，有时候我也想，我来这个世界上干什么来了，活受罪来了。有时候躺下真不愿再起来了，但我不能倒下，我倒下了，这个家就完了。我感动地说，大姐，我能帮你些什么吗？她用袖子抹了一把脸，真诚地说，不用，妹子，有你这句话，我心里就挺受用的了。不瞒您说，每天午餐时的水果和每个星期五午餐的炸鸡腿我都拿回去了。孩子她爸有病需要营养，孩子小正长身体也需要营养，现在水果都快赶上猪肉贵了，老天还算有眼，让我到你们这个单位干活，天天能发一个水果不说，星期五还有炸鸡腿这样的好事，有时女儿拿着炸鸡腿让我吃一口，我说不吃。她爸也说，你就吃一口。我说，不用让我，真巧，中午我在单位也是吃的炸鸡腿，比这个大多了。每当这个时候，我总是对女儿说，你爸爸有病，病好了好去挣钱，到时候我们买一大袋子炸鸡腿，咱们一家人吃个够。现在你就少吃点，让你爸爸也吃两口，让他的病快点好起来。刚七岁的女儿总是点点头，把鸡腿送到她爸的嘴前，逼着她爸吃一口。

从那后，每次在食堂吃午餐，我总是有意或无意地用眼光寻找她，特别是星期五这天，我总是早一点去，她还没到时我就等着她，等她来了，端着餐盒凑到她跟前小声说，这炸鸡腿油太大了，我要减肥，大姐，你就帮帮我忙吧。不管她接受不接受，我放下鸡腿就走。

我想像得到，她丈夫和女儿吃鸡腿时的样子，想笑一笑，但鼻子却酸了。大姐每个星期向家带一次炸鸡腿，但她肯定还从没尝到过炸鸡腿的滋味。

承　诺

这天，是村西周老爷子出殡的日子，在送行的队伍里，一位穿着绿色军装的人格外引人注目。

有个年轻人说，他家老大不是死在南方前线了，难道当年没死，又回来了？

胡说八道什么？那是他家老大的战友，听说是县城城关的，在县里工作，是什么院的院长，这些年不但过年过节来，平常也来，老爷子老太太有个病有个灾，比谁跑得都勤，真是个好人哪！一个老人感叹到。

说话的这位老人，回忆起周家这些年的事，脑子里过起了电影：

那年南方战事正紧，突然有风言风语传言说，咱南乡里在战场上死了一个人。

每个有人在部队上的家庭都紧张起来。

这天王山头村来了两辆小汽车，一辆上挂的还是部队的牌子。小车先是去了村委会，一行人表情严肃地跟着村主任走向了村西的周家。他们给周家送来了烈士证书。

武装部的丛部长声音低沉地说，两位老人家，你们为国家、为部队培养了一个出色的好兵，周正宝同志是我们全县人民的骄傲，他在前线牺牲了。你们放心，政府和组织上不会忘记你们的，今后生活上有什么困难，政府一切都会管的。

听到儿子牺牲了的消息，当娘的想哭哭不出来，一下子痛昏了过去。人们又是掐人中，又是按胸口的，正宝娘才缓上来了这口气。

正宝娘天天哭天天哭，几乎哭瞎了眼睛。

半年后，周家来了个当兵的，手里提着两大包东西，但没戴领章帽徽。他进门就跪了下来，拉着正宝爹娘的手说，爹，娘，我是正宝的战友，叫丛会江，是咱们县城城关的。正宝走了，我就是你们的新生儿子。我会替正宝照顾你们一辈子，为你们养老送终。爹，娘，收下我这个儿子吧。

正宝爹说，孩子，快起来。

正宝娘哭得上不来气。

正宝爹问，孩子，你这是探家，还回部队吧？

爹，娘，我退伍了，有时间我会经常来看你们的。

作为战友，人家能来安慰安慰就不错了。谁也没有当真。

春天耕地时，村里一下子来了两台拖拉机，大家都有些吃惊，原来是给周家干活的，带头的就是正宝的那个战友。他们干了一天，活没干完，就住在了正宝家。

村里的人们都以为是组织上安排的，实际上是丛会江自己花钱雇来的。

丛会江不但过年过节买东西来，平常隔三差五地也向这儿跑。

有一次，听说正宝爹摔伤了腰，他连夜赶来，把老人送到了县里的医院，出钱不说，跑前跑后，黑天白夜的侍候。不但自己跑，媳妇、女儿也经常去医院陪床。医生护士和一起住院的都说，你这儿子，儿媳真孝顺，现在对老人这么好的儿女不多了。

正宝爹说，我这儿子懂事，谢谢你们夸他。

晚上，正宝爹睡不着，他想，就是正宝活着，也不一定能做到这些。他想着想着，两行老泪从眼角淌了下来。

这天，一进病房，丛会江关切地说，爹，你今天感觉怎么样？

我没事了，回家养几天就能下地干活了。

爹，你就放心多在医院住几天吧，我昨天晚上回家看娘了，家里一切都好，不用你挂念。爹，还有一个好事要告诉你，我弟弟正红在部队上提副营了，我给娘说了，娘高兴地没办法，爹，你高兴不？

正宝爹抹起了眼泪。

爹，你这是咋了？说着会江上来给老人擦眼泪。

会江，这些年你为这个家付出这么多，正红也出息了，读书、参军全是你的功劳。我和你娘两个身体还硬朗，你工作忙，还有自己的小家庭，今后就不要向王山头跑了。爹说。

爹，这都是我应该做的。做儿子的孝敬父母，都是天经地义的事。是不是我哪方面做得不好，惹您老人家生气了？

会江，你是我们家的大恩人哪！

爹，咱一家人可不说两家话啊。

会江，我还问你，人家说，当时部队上是保送你上军校的，你为什么要求退伍回来？

会江想了想，笑着对爹说，那是别人瞎说的，我不是学习的那块料。

……

走在送葬队伍里的会江心里想到了前线的那一幕：耳边有零星的枪炮声响起，大家都在忙着构筑阵地，突然身边的正宝倒下了。自己走上去抱起他，急切地喊着他的名字：周正宝，周正宝，你醒醒，你醒醒。见他没有一点反映，自己背起他就向后方的卫生所跑。

半路上，有战友说，我来背一会吧。

不用，我不累。我机械地迈着步子，深一脚浅一脚地向前跑，好几次摔倒了，咬牙爬起来再跑。

到了卫生所，我一下子瘫在了地上。嘴里喊着，快叫医生，救——救他。

当我从昏迷中醒来，身边的战友哭着说，正宝，他走了。

我们谁也合不上他的眼，你去看看吧。

我努力挣扎着站了起来，随着战友来到正宝的身边，哆嗦着双手去合他的眼睛，可怎么也合不上。

我想起来了，活着时他跟我说过他家里的情况，他的弟弟还在上学，家里的经济条件很差。

我跪在他身边说，正宝兄弟，我知道你放心不下家里的爹娘，还有上学的弟弟。你放心上路吧，你走了，家里的一切都交给我了。我供弟弟上学长大成人，我给咱爹咱娘养老送终。

说完这些，我已经哭的泪流满面，我又试着慢慢用手去合他的眼睛，奇迹出现了，他的眼睛竟然合上了。

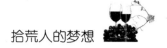

那一刻，老天也被感动了，下起了瓢泼大雨。

想到这里，他心里对正宝说，正宝兄弟，答应你的，我都做到了，我没有食言。

有时间我会去南方看你的。

小号声声

清明节这天，冒着霏霏细雨，王山头镇中学的师生们，来到南天观下重修的抗日烈士纪念碑前扫墓。辅导员老师讲话后，两个男女同学代表向烈士纪念碑献上了花篮。

现在人们生活水平提高了，一切观念也有了改变。教体育的孙老师和另两个男老师开始放起了鞭炮。有长鞭，还有二踢脚。鞭炮声一阵阵响起时，有些胆小的女生用双手捂住了耳朵。看到别的师生都瞪大了眼睛，支起耳朵细听的样子，她们也慢慢移开了放在耳朵上的双手，天哪！大家相互看着，简直都不太相信自己的听觉了。

在噼噼啪啪的鞭炮声里分明掺杂着清脆的小号声音，而每当鞭炮声结束的当儿，那小号声好像为了证明自己的存在，还会自顾嘀嘀哒哒地响上几声。这时，师生们开始窃窃私语，这是哪儿来的冲锋号声。有的老师还不太相信这是事实，又点着了鞭炮，噼噼啪啪的鞭炮声里依然能听出有小号的响声，鞭炮声停后，那清脆的小号声又独响了几声。

这事很快在周围传开了。不年不节的，也经常有人来纪念碑前放鞭炮，都想亲耳验证一下关于冲锋号声的传说。

这天，纪念碑前一下子来了好几辆高级轿车，随行人员从中间的一辆车里，扶出一位白发苍苍的老者，两个人搀扶着一步一移的来到烈士纪念碑前，他啰嗦着艰难地举起了自己的右手，向烈士纪念碑敬了一个不标准的军礼。所有随行人员也都跟着举起了右手。

有两个人开始放炮，在噼噼啪啪的鞭炮声里有清脆的小号声响起，而当鞭炮声结束的当儿，那小号声又嘀嘀哒哒地响了几声。

人们陪着老人久久站立着，老人的脸上有两行浊泪悄悄流下。他哽咽的说，小号手，建立烈士纪念碑选址时我来了，我知道这儿就是你倒下的地方。我是你的老连长，我知道你的心思，你听到鞭炮声，就以为是枪声响了，队伍要向上冲了，你就吹响了手里的冲锋号。我告诉你，解放多年了，现在社会太平了。你就好好安息吧。我年事已高，来看你的时日不多了，等我到了那边，咱们好好叙叙这些年的分离之苦。

　　突然有一个没燃尽的鞭炮声响起，随后又响起了短粗的小号声。这是不是小号手对老领导话语的回答？

前辈的恩怨

主人都走了，上班的上班去了，上学的上学去了。

家里只剩下了娃娃和当当，娃娃在客厅里沉思着走来走去，并不时偷看一眼正趴在沙发上闭目养神的当当。

娃娃停止了走动，好像下定了什么决心。来到当当所在的沙发跟前，抬腿放了上去，她叫一声算是打了招呼，当当哥哥，从我来到这个家你就不太理我，我没有得罪你啊！我为了讨好你，把给我吃的鱼肉什么的留给你吃，你总是不吃。每次我和你说话，你也总是爱搭不理的。咱这样呆着多孤独啊，时间长了，咱都得孤僻症了。你有什么想法就说出来，我有什么不对的地方一定改。你别不理我好不好？

当当听了娃娃的话，长长地叹了口气后说，你说的不无道理，可……这样吧，我给你讲个故事听听。

好哥哥，你讲吧，我最爱听故事了。

好多年前，山里一户人家的男主人在地里干活时，从土里挖出来了一个小盆，拿回家被媳妇洗了洗放起来了，谁也没把它当回事。

突然有一天，他干活回来，媳妇神秘地告诉他，咱家有好日子过了。

他不相信地看着媳妇说，你发烧了吧，咱家会有什么好日子过？你还记得你从地里挖回来的那个小盆吗？媳妇满脸的兴奋。

小盆怎么了，是金子做的？也不像啊，一点也不沉。

媳妇关了外门，又关了屋门。高兴地说，比金子还金贵。说着进里屋拿出了那个小盆放在桌子上，你看看里边是什么？

男人凑过去看，这不是几个铜钱吗？

你拿出来看看。媳妇说。

男人伸手一把抓了出来，放在了桌子上。他抬头看着媳妇。

媳妇说，你看看里边还有吗？

他低头一看，那盆里还放着那么多铜钱。他不相信地又去抓，盆里还有铜钱。一会的工夫，桌子上堆了一大堆铜钱。他揉了揉眼睛，问媳妇，我这不是做梦吧？

不是做梦，是真的。

有钱了，他们开始置房子置地，日子越过越红火。

这年春节后，他的一个河西的好几年不走动的朋友来了，一看他们住进了宽大的新房，拴了好几挂马车，养了十几头牛。喝着酒时问道：哥哥，你们这几年怎么过的日子，怎么一下子过的这么好？

酒喝的也差不多了，他得意地说，不瞒你说兄弟，我从地里挖回来了个好东西。

听了他的介绍，他那朋友说，拿出来让我也开开眼。

他想了想，从里屋拿出了那个小盆，给朋友演示了一遍如何向外抓钱。

两人继续喝酒。

当那朋友要走时，他给装上了一大口袋粮食。快迈出门口时，那朋友难为情的想说什么，他说，好兄弟，我现在日子好过了，你有什么难处就明说，我能帮的一定帮你。

那朋友吞吞吐吐地说，大哥、大嫂，按说我不应该提这话，你们知道，我家上有两个老人，下有好几个孩子，日子过得很艰难。但我知道大哥、大嫂都是好人，能不能把那个宝盆借给我用用？

这……

大哥、大嫂，你们放心，我用几天就给你们送回来。说着跪了下来。

快起来，快起来，他看了眼媳妇，要不，借给兄弟用几天？

媳妇说，你当家。

他想了想说，你我是好兄弟，我过上好日子了，你还在受穷，我心里也不好受。这样吧，我把宝盆借给你用十天，十天后，一定给我还回来。一是小心别摔了，二是别让人家知道了。

哥哥、嫂子放心，十天后我一定送回来，哥哥和嫂子的大恩大德我们一家几辈子也不会忘记的。

十天后，那朋友没把盆送回来，又等了两三天，还是没送回来。他走了三十多里路去要，一进门，那朋友是好喝好吃好招待，最后那朋友说，对不起哥哥，那个盆丢了，要不我早给你送回去了。

他去要了三次，盆也没要回来。

看到主人着急的样子，还有家里的生活一日不如一日，主人家养的一条狗和一只猫也感觉到了。

这天，狗对猫说，猫妹妹，咱家的宝盆被主人的朋友借去了，主人去要了三次，那人都说丢了，要不，咱俩去看看。

行，不过到河西去得过河，我可不会游泳？

没关系，到时我驮你。

这天天还没亮，狗和猫就上了路。赶到河边，狗让猫趴在自己的身上，说，猫妹妹，你可坐好了，咱们下水了。

狗把猫驮过了河，到了主人好朋友的那个村里，他们也不知道主人的朋友住哪一家。猫说，狗哥哥，你进村目标太大，等天黑了你在村外等着，我进去找。

等到天黑后，狗在村外等着，猫就进了村，几乎把全村都走遍了，猫才在一家人家的屋里发现了那个宝盆。它回到村外叫上狗哥哥，一起来到了主人的朋友家门前。他先进去开了外门，让狗哥哥进去，让狗哥哥在门外给它壮胆，它进主人的朋友屋里偷出了那个宝盆。它俩来到河边，还是猫趴地狗身上，两个过了河，回到家时还是晚上，主人家已经关门休息了。猫说，狗哥哥，你在外边等着，我先进去。猫从墙上进了院后，直接进屋去给主人报喜，主人白天还念叨，这几天狗和猫都跑哪儿去了？看猫抱着宝盆回来了，主人是喜出望外，忙叫媳妇起来给猫弄鱼吃。鱼煮熟了，猫就大口地吃了起来。

狗在外等着主人来开门，一等也不来，二等也不来。就开始叫着用头抵门，主人听到外门响，没有理它。外门响的更厉害了，主人心里说，看看人家猫，自己去把宝盆弄回来了。你出去野几天了，现在才回来还敢闹动静。主人一气之下，拿了个铁锨去开门，狗一进门，就被主人打死了。

你知道吗？那个狗和猫就是我们的前辈。从那后，我们狗就很少理你们猫了。

那是前辈的恩怨，我们应该向前看，只要我有好吃的，我绝不会忘记你的。当当哥哥，我们从咱们开始合好吧。

当当想了想也对，冤冤相报何时了，人家娃娃妹妹都表态了，自己一个大爷们心胸应该更宽广一点。它抬起前爪向娃娃伸了过去……

评委的眼光

最近参加了全国"华丽"杯（据说华丽是一家安全套品牌）美文大赛，我的小文获得了一个三等奖。

领奖地点在美丽的三亚市，住的是四星级宾馆（这是我有生第一次住这么豪华的宾馆，晚上睡觉比新婚之夜还兴奋，老是睡不着），吃的是海鲜自助餐（可不是30块一位，只有几个凉菜和热菜或涮羊肉的自助餐，这里边全是海产品，才开始两餐我每顿都吃了两盘大虾），我还发现这里的服务员都穿的很少（里边好像都没有穿内衣）。

领到获奖作品集，我就迫不及待地看了起来，一篇获二等奖的《海鸥》总觉得似曾相识：在苍茫的大海上，狂风卷集着乌云。在乌云和大海之间，海鸥像黑色的闪电，在高傲的飞翔。一会儿翅膀碰着波浪，一会儿箭一般地直冲向乌云，它叫喊着，——就在这鸟儿勇敢的叫喊声里，乌云听出了欢乐。在这叫喊声里——充满着对暴风雨的渴望！在这叫喊声里，乌云听出了愤怒的力量、热情的火焰和胜利的信心。海燕在暴风雨来临之前呻吟着，——呻吟着，它们在大海上飞蹿，想把自己对暴风雨的恐惧，掩藏到大海深处。海鸭也在呻吟着，——它们这些海鸭啊，享受不了生活的战斗的欢乐：轰隆隆的雷声就把它们吓坏了。蠢笨的企鹅，胆怯地把肥胖的身体躲藏到悬崖底下……只有那高傲的海鸥，勇敢的，自由自在的，在泛起白沫的大海上飞翔！乌云越来越暗，越来越低，向海面直压下来，而波浪一边歌唱，一边冲向高空，去迎接那雷声。雷声轰响。波浪在愤怒的飞沫中呼叫，跟狂风争鸣。看吧，狂风紧紧抱起一层层巨浪，恶狠狠地把它们甩到悬崖上，把这些大块的翡翠摔成尘雾和碎末。海鸥叫喊着，飞翔着，像黑色的闪电，箭一般地穿过乌云，翅膀掠起波浪的飞沫。看吧，它飞舞着，像个精灵，——高傲的、黑色的暴风雨的精灵，——它在大笑，它又在号叫……它笑些乌云，它因为欢乐而号叫！这个敏感的精灵，——它从雷声的震怒里，早就听出了困乏，它深信，乌云遮不住太阳，——是的，遮不住！狂风吼叫……雷声轰响……一堆堆乌云，像青色的火焰，在无底在大海上燃烧。大海抓住闪电的箭光，把它们熄灭在自己的深渊里。这些闪电的影子，活像一条条火蛇，在大海里蜿蜒游动，一晃就消失了。——暴风雨！暴风雨就要来啦！这是勇敢的海鸥，在怒吼的大海上，在闪电中间，高傲的飞翔；这是胜利的预言家在叫喊：——让暴风雨来得更猛烈些吧！

专家、评委的评价是：高尔基说："在象征下面，可以巧妙地把讽刺和大胆的言语掩蔽起来，在象征中，可以注入很多的思想内容。"在诗中，作者用象征手法构思全文，把一切构成一幅完整的画面。

这首散文诗还有一个特色就是对比和烘托手法的巧妙运用。在诗中，为了表现海鸥的勇敢、乐观和对暴风雨的渴望，除了对海鸥作直接描写外，还通过暴风雨来临前夕大海海面变化的描写来烘托，并以海燕、海鸭、企鹅等来作对比。第一部分写海燕、海鸭、企鹅的呻吟、飞蹿、恐惧、躲藏与海鸥那高傲的飞翔，欢乐的叫喊形成鲜明的对比，有力地突出了海鸥的英勇、乐观。第二部分写海浪与狂风生死拼搏的激战场面，正是以壮阔背景来烘托海鸥的战斗雄姿。第三部分写风、云、雷、电一齐出动，以此背景来烘托海鸥那战斗号召的豪迈激昂，振奋人心。这首散文诗的另一个特点是语言上具有强烈抒情性。作为散文诗，《海鸥》的语句不分行，但它精练、形象、优美，有一定的跳跃性，节奏感强。比喻、夸张、拟人、排比、反复等修辞手法的运用，使语言优美而有气势，增强了表达效果。《海鸥》既是一首色彩鲜明的抒情诗，又是一幅富有音乐的节律和流动感的油画，具备诗的音乐美和绘画美，给人很强的艺术感染力。我想起来了，这是高尔基著名的《海燕》，为了证实我的判断，我去了附近的书店买回了有高尔基《海燕》的这本书。

我犹豫了好半天，终于下定了决心，晚上敲响了评委会高主任的门。高主任戴上眼镜，仔细地把高尔基的《海燕》和获奖的《海鸥》看了好几遍，深思了良久，问我，小伙子，你来自哪儿？

山东省平阴县文化馆。

　　叫什么名字？

　　王嘉。

　　你的作品这次获了几等奖？

　　三等奖。

　　你说的这件事还有谁知道？

　　就我自己。

　　那就好。年轻人很不错呀，你肯定读了不少书。一方面，这位作者作假肯定是不对的，另一方面，我们的评委能从千万篇来稿中把这篇作品选出来，说明眼光还是很高的嘛。你提的问题，我会组织评委会研究，但为了这次大赛的严肃性，请你对这件事情保密。

　　第二天，高主任找到我，对我说，小王啊，我们评委会刚才开了会，对你提出的问题进行了认真的研究，认定了你的判断。同时对你的参赛作品又进行了讨论，认为你的这篇作品评三等奖低了点，所以一致通过，给你改评为二等奖。另外，评委会还决定，多奖你两千元钱，知道你来自基层，不容易，回去多买些书看。评委们都期待着下次评奖，希望你能站在一等奖的领奖台上去……